聖人公爵様がラスボスだということを
私だけが知っている
〜転生悪女は破滅回避を模索中〜
2 しきみ彰 Illustration 桜花舞

ソフィア・ルルディ・ブランシェット
ブランシェット帝国の皇后。
セオドア・アルボル・ブランシェット
ブランシェット帝国の皇帝。リアムの兄。
リアム・クレスウェル
皇弟であり、公爵。能力の高さや慈悲深い行動から「聖人公爵」と慕われている。
シャル
白猫の神獣。グレイスと契約している。

グレイス・ターナー
前世の記憶を持つ子爵令嬢。リアムと婚約し、皇族の妻としての勉強に励んでいる。
パトリシア・ケプロン
古くから皇族に忠誠を誓うケプロン伯爵家の令嬢。

「頼りにしています。
――私だけの貴方」
そう言えば、リアムは一瞬目を見開いてから。
観念した、とでも言うように困ったように、
けれど嬉しそうに微笑んでくれたのだった――

CONTENTS

Only I Know that the Duke of Saints is the Final Boss.
Reincarnated Evil Woman Seeks to Avoid Doom.

プロローグ

凍り付くように寒い冬が終わると、数多《あまた》の生命が芽吹き、花が固く閉じた蕾《つぼみ》を開かせる季節が来る。

――そんなうららかな春に、一組の男女が教会で婚約式を開いていた。

教会のあちこちにある薄紫色と純白の薔薇《ばら》がその芳醇《ほうじゅん》な香りを漂わせ、同じく控えめな淡い紫と白のリボンと共に美しく飾りつけられている。紫という珍しい色を婚約式や結婚式で使えるのは、ブランシェット帝国では皇族のみだった。

なら何故《なぜ》、そんな色が使われているのか。答えは簡単だ。

本日の婚約式が、皇族の一人としてその名を連ねるクレスウェル公爵が開いたものだからだ。

『聖人公爵』という異名があることからも分かるように、クレスウェル公爵は聖人のように清らかで分け隔てなく人々に慈愛を向ける皇族として知られていた。臣下へと下り、公爵位を持つようになった今も、それは変わらない。

それは神のように慈悲深いとされる皇族の中でも特出しており、帝国民であれば誰もが知っている常識でもあった。

それもあり、クレスウェル公爵に意中の女性がいると噂《うわさ》されたとき、皇都ではそれはそれはもう騒ぎになった。婚約式を開くと公表したときには、それ以上に国中を賑《にぎ》わせたものである。

その上で、「婚約者の存在がクレスウェル公爵が行なった『世紀の大神罰』という、社会全体を震撼《しんかん》させた大改革を行なわせたのではないか？」と、世間ではもっぱらの噂だった。婚約発表も、このせいで遅れたというのだ。

しかもそれだけでなく、子爵令嬢という身でありながら神獣とも契約を果たしたのだという。

神獣使いが稀少《きしょう》なこの国で、彼女の存在はより人々の好奇心をくすぐったのだ。

大改革で救われた面々は期待し、損をした面々は憎しみを込めた目で、どちらもクレスウェル公爵の婚約者に注目する。

『そんなクレスウェル公爵の婚約者とは、いったい誰だろう？』と。

夫婦神の像の前で祈りを捧《ささ》げるポーズを取りながら。

リアム・クレスウェルの婚約者――ことグレイス・ターナーは、冷や汗をかいていた。

（まさか、私たちの婚約式がこんなにも注目を集めるだなんて……）

ある程度予想はしていたが、まさか婚約式だけでまるで穴が空くくらい招待客から見られることになるとは思わなかったし、貴族たちだけでなく庶民の注目まで集めるとは思っていなかった。

そして、貴族たちからことさら憎しみの目を向けられるとも思っていなかった。

しかも噂の内容から察するに、貴族たちはどうやらグレイスのせいでリアムが変わってしまったと思っているようだ。

事実ではあるが、悪女のように言われる謂《いわ》れはないのだが。

ただグレイスが気にしているのは、そこではなかった。

（私が『悪女扱い』されているっていう、ある意味原作通りになっているのは皮肉か、それとも世界補正なのかってことよ……）

そう。この現状が世界補正によるものかどうか、である。

というのもグレイスは転生者で、ここが彼女が前世で読んだ小説の世界だからだ。

『亡国の聖花《せいか》』。

それは、主人公であるアリアという少女の成長《せいちょう》譚《たん》であり、彼女が国を滅ぼすほどの巨悪に立ち向かって打ち勝つ救国譚だ。

その小説でグレイスは、アリアをいじめる悪女であり、途中退場の中ボスであり、恋心を利用されラスボスに操られていた被害者という立場だった。そして――

「わたし、リアム・クレスウェルは、母なる神と父なる神の血を継ぐ者として、グレイス・ターナーと生涯切れることのない縁を結ぶことを、ここに誓います」

リアム・クレスウェル。

本日婚約者となる彼こそ、この小説のラスボスなのだ。

グレイスとともに夫婦神像の前で祈りを捧げながら誓う姿は、白に紫のアクセントが入った礼装もあいまって美しい。招待客が思わず吐息をついているのが分かった。

「私、グレイス・ターナーは、母なる神と父なる神を信仰する者として、リアム・クレスウェルと生涯切れることのない縁を結ぶことを、ここに誓います」

——そしてグレイスが誓った瞬間、貴族たちの大半から刺々《とげとげ》しい視線が向けられたことを、肌感覚で悟る。

（あ————やめて————！）

ちなみにこれは、視線が痛いことに対してだけじゃない。その視線を受けて、となりにいるリアムが静かに怒りを募らせていることへの悲鳴である。

きっと今頃、リアムの頭の中では大勢の貴族たちの名前がブラックリスト入りしているのだろう。

それは何故か。

それくらい、リアムがグレイスのことを愛してくれているからだ。

それと同時に、グレイスに何かあったとき、リアムがどうなるのかをグレイスはよく知っている。

答えは——闇堕《やみお》ちラスボス化する、だ。

それはうぬぼれでも、思い違いでもない。だってリアムが闇堕ちしかけた場面を、彼女は実際に目の当たりにしているのだから。

（ねえ、分かってる？　分かってるっ？　もしそうなったとき、リアム様を止めるのは私なのよ!?）

だからあまり、リアムのことを刺激しないで欲しいのだ。

（やっとのことでへし折ったリアム様のフラグを、また立てないでー！）

そう、小説のストーリーは破壊し、フラグはへし折った。へし折ったはずだ。

その上でグレイスはリアムたちの力を借りて、今後の弊害になるであろう人物たちを法の下に裁いたのだ。だからもう何も起きないはず。

なのだが、グレイスの心にいつまでもモヤモヤしたものが付きまとい離れないのは、一度この世界の強制力というのを見ているからと、なんだかんだでグレイスが悪女と呼ばれる流れになってしまっているから。また未《いま》だに、グレイスが魔術を使えない特異体質のままだからだった。

しかもグレイスの体を診てくれている大司教・コンラッドが言うには、グレイスの特異体質は今まで確認されていた生まれつき魔力を持っていない者たちの症状とも違っているらしい。

これは、小説内のグレイスの身には起きていなかった症状だった。

――もしかしてこれは、グレイスが小説のストーリーを変えてしまった罰なのでは？

彼女がそう思ってしまうのも、仕方のないことだった。

（いやいやいや。リアムの闇堕ちラスボス化フラグのきっかけとなるものはへし折ったし、小説の主人公であるアリアさんは今、クレスウェル家が後援者となって予定より一年早く魔術学校に通うことになってる。だから大丈夫、大丈夫なはず……）

そして肝心のアリアは春季休暇《スプリングホリデー》の期間を使い、二人の婚約式に来ていた。またそのそばにはグレイスが契約をした神獣である、白猫のシャルが陣取っている。

本来であれば対立するはずの存在と仲良くなり、その上で神獣という特別な存在と契約を果たして身を守る術《すべ》を得た。

さらには両親とも仲がよく、今日もわざわざ領地から出てきてくれている。今はキリリとしているが、あとで本当に喜び泣いてくれる素敵な家族であることを、グレイスは分かっていた。

これだけのことが変わり、リアムとの関係も小説とは違い良好なのだ。何も起きるはずがない、そう思いたい。

(だからフラグがまた立つとか、ないわよね？　お願いだからないって言って、神様……！)

不安でいっぱいのグレイスの心を置き去りにしたまま婚約式はつつがなく終わり、二人は晴れて婚約者と認められたのだ——

一章

婚約式が開かれた三日後。

グレイスは様々な準備や各所からやってくる招待状の返信に追われながらも、これからのことを考え不安を募らせていた。

（うーん、私が考えすぎなだけ……？）

しかし何故《なぜ》だか、何かが起きそうな気がするのだ。虫の知らせ、とでも言うべきだろうか。ここ最近、ぞわぞわして仕方がない。

そして今までの経験上、起きるわけがないと思っていたことが起き続けてきたわけで。

だからグレイスは割と、自身の勘を信用していた。

（ただでさえ忙しいのに、これ以上問題が起きるのはごめんなんだけど……）

そう、ブランシェット帝国は現在、春。春なのだ。

そして春といえば何か。

――リアムの誕生日である。

前世でも一ファンとして、リアム生誕祭を盛大に祝っていたグレイスだったが、今回は一味違う。

なんせ、彼の婚約者になって初めての誕生日だからだ。

そしてブランシェット帝国における皇族の誕生日というのは、昔から盛大に祝われる特別行事。

もちろん皇帝であるセオドアの誕生日は特に盛大で、グレイスはそのタイミングで皇都にいた経験がないので実際に見たことはないが、大規模なパレードを催すのだとか。節目の年は記念コインが作られて配られたりもすると聞いている。

リアムは臣下に下った身だが、神の血が流れる皇族の一人。そのため、この日は皇室が主体となって町を飾り付け、宮廷では夜会を開くのだという。

そしてグレイスも翌日に、夜会とは別にクレスウェル邸で、リアムの誕生日を祝おうと考えていた。そのためにこっそり、使用人たちと打ち合わせをしている。

本当に些細《ささい》なパーティーだが、こんな機会でないと労《ねぎら》えないというのも事実。手を抜きたくはない。そんな思いで、グレイスは今様々な作業を並行しているのだった。

その合間に行なっているのが、招待状の返信である。

正直、招待状への返信は文面を含め、非常にグレイスの神経をすり減らすものであった。言葉の裏に隠された真意や、どの派閥の人間からの手紙なのかを逐一確認しなければならないからだ。

四苦八苦しつつもまだましなのは、リアムにもらった冊子から基本的な情報を既に得ているからだ。

あとはそれとにらめっこしつつ、どこのパーティーに出てどこのパーティーを断るのかを決め、定型文を送る。

ただ、これに慣れなければならないと考えると、なおのこと気が滅入《めい》った。

だが今日の用事は胃の痛くなる腹の探り合いではなく、むしろ今のグレイスに最も必要なものだ。

そのため、ため息をついている場合ではない。

（しっかりしないと！）

そう気合を入れながら、グレイスは専属メイドであるエブリンに綺麗《きれい》に着飾ってもらう。

リアムが仕立ててくれた（正しくは、気づいたら仕立てられていた）春色の明るいパステルグリーンのドレスは爽やかで、気分も高揚する。

『あら、馬子《まご》にも衣裳《いしょう》ってやつね。似合うじゃない、グレイス』

「ありがとうございます、シャル様！　リアム様が選んでくださったものなんですよ」

『ふん！　さすがリアムね！　センスがいいわ！』

契約神獣のシャルとともに和やかなやりとりをしつつ、素敵な装いに胸を弾ませたグレイスが向かったのは、宮廷である。

貴賓室に通されたグレイスは、スカートの裾をつまんで挨拶をする。

「皇后陛下にご挨拶をいたします」

「ふふ、顔をあげてちょうだい。グレイスさん」

気品ある声音に導かれるようにして顔を上げれば、そこには絶世の美女がいた。

アザレアを思わせるような薄紅色の髪は緩くウェーブを描き、翡翠《ひすい》を思わせるたれ目は優しげに弧を描いている。

皇后、ソフィア・ブラスタリ・ブランシェット。

セオドアの妻であり、リアムの義姉である。

グレイスの社交界デビューの際は妊娠を理由に欠席していたため、きちんと顔を合わせるのは今日が初めてだった。

(お噂《うわさ》には聞いていたけれど……本当に穏やかそうな雰囲気をまとったお美しい方だわ)

二児の母とは思えないほど完璧な美しさとその微笑《ほほえ》みは、聖典などに出てくる聖母の姿を彷彿《ほうふつ》とさせた。皇族の血を引いているわけではないのに、あまりにも神々しい。

さすが、ブランシェット帝国一お似合いの夫婦だと言われているだけはある。そのせいか、グレイスの緊張感も最高潮に達していた。

未《いま》だに緊張しているグレイスを和ませるように、ソフィアはにこりと笑みを深める。

「さあ、おかけになって。堅苦しいことは抜きよ。だって貴女《あなた》はもう、わたくしたち家族の一員なのですもの」

「は、はい……失礼します。……第一皇女殿下も、失礼いたします」

グレイスがソフィアのとなり――そこにあるゆりかごに向かって声をかければ、ソフィアは嬉《うれ》しそうに微笑んだ。

「ありがとう、グレイスさん。ほら、エリアナ。貴女の未来の叔母様が、ご挨拶してくださっているわよ～」

ゆりかごの中に横たわるふくふくの赤子が「あー!」とまるで返事をするように声を上げる。母親そっくりの淡い桃色の髪に薄紫色の瞳をした皇女を見て、グレイスは思わず頰が緩みそうになった。

（でも、だって！　かわいい！）

第一皇女、エリアナ・ブラスタリ・ブランシェット。

昨年の秋頃に生まれた、ブランシェット帝国皇帝夫妻待望の第二子だった。

生後六か月ほどなのでまだ話せないがとても元気なようで、母親であるソフィアの顔を見てキャッキャと笑っている。

「グレイスさんにも会ってほしくてね、連れてきたの」

「本当に可愛《かわい》らしいですね……」

「でしょう？　でももうハイハイができるの。だからあちこち歩きまわって、乳母たちがとても大変そうだわ」

皇族は早熟だとは聞いていたが、まさかもうハイハイができるとは。

だが可愛らしい赤子であることに変わりはない。笑っている姿を見ているとこちらまで笑顔になるからだ。グレイスの気も思わず緩む。

そんなグレイスを見て微笑んだソフィアは、乳母を呼んでエリアナを下がらせた。それを見たグレイスは、ハッとする。

（もしかして……気を遣っていただいた？）

思い過ごしかもしれないが、そう感じた。もちろん言葉の通りグレイスにエリアナを見せたかったのもあるだろうが、きっととても緊張しているであろうグレイスを和ませよう……そんな気遣いにも見えた。

そしてソフィアの思惑がどうであれ、緊張しきっていたグレイスがそれで和んだのは事実で。勝手に、ソフィアの好感度が上がる。同時に、これが皇族の妻の振る舞いなのかと背筋が伸びるような気持ちになった。改めて彼女のすごさを実感する。

何故こんなことを思ったのか。それはこの顔合わせそのものが、それに関係したものだからだ。

——なんせグレイスはソフィアに、皇族の妻とはなんたるものなのか。それを指南してもらうためにここまでやってきたのだから。

曰《いわ》く、皇族の伴侶というのは特別らしい。

それゆえに皇族の伴侶となった者は、偉大なる先人たちに教えを乞うのが慣例となっているのだ。グレイスの場合、それは皇后ソフィアである。そのため彼女はこれから皇后付きの女官として働きながら、皇族式の礼儀作法や身の振り方を教わるのである。

しかし皇族の伴侶の何が特別なのか、グレイスは知らなかった。これはその辺りの知識を得ることを、リアムが敢《あ》えて避けていたからである。

だがグレイスが正式にリアムの婚約者として周囲に知らされた今、二人ともその点について知らないままでいるわけにはいかなかった。

そのため、グレイスはソフィアから、リアムはセオドアから皇族の伴侶について教えを乞うことになったのだ。

それもあり、気負いすぎてグレイスはがちがちに緊張していた。そんな中さすがと言うべきか、護衛として一緒に来ているシャルのほうは堂々とした振る舞いを見せている。宮廷の雰囲気が心地《ここち》好《よ》いのか、それともソフィアの持つ独特の空気が好きなのか。用意されていたちょうどいいサイズのかごで丸くなり、お昼寝タイムに入っていた。

（どこにいても、シャル様は自由で可愛らしいわ……）

グレイスがそう思っていると、侍女に紅茶と茶菓子の準備をさせて下がらせてから、ソフィアはグレイスに一冊の冊子を渡してきた。

かなり分厚く、しかも契約した持ち主以外が開けば燃えるようになっている魔導具であることに気づいたグレイスは、それをそっと持ち上げる。

「これは……」

「皇族についてのことが書かれた教本よ。基本的には皇族とその伴侶以外に口外してはいけないことになっているから、所有者契約を結ぶの。グレイスさん、この魔導具の宝石部分に、一滴血を垂らしてくださる？」

「分かりました」

渡された針で指を刺し、言われた通り血を垂らせば、透明だった宝石部分が淡く輝いた。それが赤い色に変わったのを確認し、ソフィアが「それはもうグレイスさんのものよ」と言う。

（よかった……魔術が使えなくなってからも魔導具は使えるから弾《はじ》かれることはないはずだと思っていたけれど、変なことが起きなくてよかった……）

グレイスがまず気にしたことは、そこだった。

弾かれるだけならばまだしも、さらなる問題が起き爆発でもしたらどうしよう、なんて考えてい

た。さすがにそれは心配しすぎだったかもしれない。

ほっと胸を撫《な》で下ろしながら、グレイスは教本を開いた。

「まず、基礎知識から教えましょうね。リアムさんとご一緒に過ごされているのであれば、グレイスさんも分かっていると思うのだけれど……皇族の方々が特別なのは、あの方々が夫婦神の子孫だから。そしてその血が持つ特別な能力、大気中にある邪気を神力に変えることができるからなの」

「はい」

この世界には邪気が存在する。それはこの世に人間がいる限り、どうしても湧き出してしまうものだった。邪気を排出するのは人間だからだ。

そして皇族はその邪気を吸い取って神力に変える力を持つ、特別な存在なのである。

(前世で言うところの、空気清浄機みたいなものよね)

言い方は悪いが自分の中でイメージしやすいため、グレイスは頭の中でそう整理する。

グレイスの表情から彼女が理解したことを感じたのか、ソフィアはそのまま話を続けた。

「そして神力には、ブランシェット帝国民たちの心に安寧をもたらす力があるわ。だけれど代わりに、人々の心理にも影響を与えてしまうの」

「善人に好かれやすくなり、悪人に利用されやすくなるのですよね」

「ええ、その通りよ。だから本当の意味で心を許せる存在は、本来であれば神力の影響を受けない家族だけなの」

(改めて話を聞くと、なんというか壮絶よね……)

皇族ゆえに慕われ、同時に孤独になる。だから善悪を見分けるための術《すべ》を叩《たた》き込まれる。

平等、という状況がぴったり合うような、そんな仕組みだと思う。

それが悪いとは思わないが、ブランシェット帝国が今まで繁栄してきたのはその仕組みを皇族が実直に守り続けてきたからだ。

グレイスがなんとも言えない気持ちになっている中、ソフィアの話は続いていく。

「だけれどそれでは、種は途絶えてしまう。種が途絶えれば帝国も滅亡してしまうわ。だから夫婦神は、そのような運命を背負わせてしまった子孫たちにお慈悲をお与えになった。それがわたくしたち、『運命の伴侶』と呼ばれるものです」

ごくりと、グレイスはつばを飲み込んだ。

（ここからの知識は、小説の中では出てこなかったものよ）

それが何故かは分からないが、知らないからには心して聞かなければ、とグレイスは改めて気を引き締める。

「その『運命の伴侶』というものは、一体どういう存在なのでしょう？」

グレイスがそう問いかければ、ソフィアは紅茶を一口含み喉を潤してから口を開いた。

「家族以外に理解されることがない孤独と責務への閉塞感に苛《さいな》まれる皇族たちに、精神的な安寧を与えられる存在……らしいわ」

「らしい、というのは……？」

「ごめんなさいね、わたくしは皇族ではないから、実際の感覚までは分からないの。だけれど皇族にとってそれは、どんな甘味よりも甘く、手を伸ばさざるを得ないほどの魅力があるものだそうよ。また神力への耐性が高く影響を受けにくいというのも、『運命の伴侶』の特徴の一つみたい」

「……私に、そんな力が……」

リアムが言っていたことの意味を、ここでようやく知る。

（それに、リアム様の孤独は他の皇族の比ではないから……その精神的な摩耗も相当だったはず）

それを今までなんてことはない顔をして耐えてきたことを思うと、胸がきゅうと締め付けられる。

唇を噛《か》み締めたグレイスに笑いかけながら、ソフィアはさらに続けた。

「そして『運命の伴侶』は、一人の皇族につき一人だけ。だから本当の意味でリアムさんを救えるのは、グレイスさんだけなのよ」

するとソフィアは、急に真剣な表情をした。

「グレイスさん。これはあくまで、わたくしのわがままなのだけれど……聞いてくださる？」

「なんでしょうか、ソフィア様」

「もしリアムさんの身に何かあったとき。そのときはどうか、グレイスさんだけはあの方を優先して欲しいの」

皇后が言うにしては自分勝手すぎる意見に、グレイスは少なからず驚いた。

（だって帝国民のことを大切にされている皇族の仲間入りをする以上、私にも帝国民を優先するようにと仰《おつしや》ると思っていたから）

もちろん、グレイスがそれを本当の意味で聞くことはないが、まさかソフィアの口から聞くことになろうとは。

「……何故、ソフィア様がそのようなことを？」

「……リアムさんだけが、皇族の中で少し異質だと感じているから、かしら」

ソフィアは、何かを噛み締めるように遠くを見つめた。まるで遠い過去の出来事を思い出しているようだった。

「……これはリアムさんとの約束だから、セオドアさんにもお伝えしたことはないのだけれど。リアムさんが臣下に下って宮廷を離れる少し前に、わたくし、リアムさんがお庭で倒れているところに出くわしたことがあるの」

「……え？　リ、リアム様が!?」

そのとき、シャルの耳がピクリと動くのが見えた。どうやら眠っているように見えて、きちんと会話を聞いていたようだ。そこにシャルらしさを感じる。

しかしソフィアはそれに気づいていないらしく、真剣な表情で詳しく話を続けた。

「ええ。わたくしも驚いてすぐそばに駆け寄ったのだけれど、制されてしまってね。そのときのリアムさんは笑顔だったのに、顔色は真っ青で冷や汗をかいていらっしゃった」

「……それ、は」

「それなのに、リアムさんはわたくしの心配をなさったの。そして行ってしまわれた。追いかけようとして足を踏み出したとき……彼の体から何か恐ろしいものが溢《あふ》れそうになっているところを見て、足がすくんでしまったの」

どくりと、グレイスの心臓が嫌な音を立てた。

（……何か、恐ろしいもの……？）

いや、ここで断定するにはまだ情報が足りない。そう思ったグレイスは、震える唇をきゅっと引き結んでから口を開く。

「……ソフィア様。その恐ろしいものというのは……具体的に、どういう」

ソフィアは少し考える素振りを見せてから、告げた。

「見たことがないくらい禍々《まがまが》しい……どす黒い色をした何か、だったわ。わたくしに見えたのは少しだったけれど、見るからにおどろおどろしかった……」

それを聞いたグレイスの脳裏に、去年の夏の出来事が蘇《よみがえ》る。

『……グレイス。休んでいなくてはだめではありませんか。どうしてここへ来たのです』

あのときのリアムは、刺々《とげとげ》しい魔力をまとっていた。そのときに見えたのも、どす黒い何かではなかっただろうか――

ソフィアが見たものが、グレイスが闇堕《やみお》ちしかけたリアムを救った際に見たものと同じなのであれば。

（……もしかして、まだ何も終わってはいない……？）

そういうことにならないだろうか。

そう思いグレイスが俯《うつむ》くと、ソフィアが慌てる。

「ごめんなさい。そんなに深刻にならなくていいのよ」

「……お気遣いありがとうございます、ソフィア様」

「そんな、そもそもこれはわたくしが言い出したことだから……」

そう笑ったソフィアは、仕切り直すようにこほんと、一つ咳払《せきばら》いをした。

「とにかく……これはずっとそばで彼らを見続けている家族であり部外者でもあるからこそ言えることだけれど、リアムさんは皇族の中でも独特の危うさを持っている方だと思うの。そしてリアムさんは、家族のために自分を使い潰すことを厭《いと》わないわ」

「……仰る通りだと思います」

「ええ。だから彼の『運命の伴侶』となる方には、リアムさんのことを優先して欲しいとずっと思っていたの。……わたくしはリアムさんにも、幸せになって欲しいもの」

(そうよ。私も、リアム様には幸せになって欲しい。だから絶対、小説通りの展開になんてさせないわ)

そしてグレイスの大好きな人たち全員揃《そろ》って、ハッピーエンドを迎えるのだ。そう改めて決意をしていたら、ソフィアが思い出したように言う。

「もちろん、グレイスさんもご自身のことを大切にしてね。それが何より、リアムさんのためになりますもの」

「私がリアム様の『運命の伴侶』だからですか？」

「ええ。わたくしたちが命を落とせば、セオドアさんとリアムさんが壊れてしまわれるから。だからわたくしも皇族の伴侶のことを皇太后様から教えていただいたとき、『運命の伴侶』の役割はまず自分の身をきちんと守ることだって言われたのよ」

それを聞いて、グレイスは思わず笑った。

（私に求められていることが、自分の身とリアム様のことを守ることとって……私の性格にぴったりじゃない）

小説の展開を変えるためにグレイスが優先したのは、第一に自分と家族の安全、次にリアムの闇堕ちを防ぐことだった。

もし本当にそれが理由で、グレイスがリアムの『運命の伴侶』に選ばれたのであれば、これ以上ないくらい嬉しく思う。

――二人の会話はその後も弾み、楽しい時間を過ごした。

そうしてグレイスは名残惜しさを抱えながら、クレスウェル邸への帰路についたのだった。

＊

夕方。

クレスウェル邸に到着したグレイスを迎えたのは、完璧に統制が取れた使用人一同と、満面の笑みを浮かべたリアムだった。

「おかえりなさい、グレイス」

そう本当に嬉しそうな顔をして微笑むリアムを見て思わず、グレイスはその胸に飛び込んだ。

「グ、グレイスッ？」

リアムがとても驚いた声で、グレイスの名前を呼ぶ。しかし構わず、ぎゅうっと顔を押し付けた。それに便乗したのか、シャルもリアムの足にすり寄っている。

どうしてそんな大胆な行動を取ったのかというと、リアムの顔を見た瞬間、ソフィアの話を思い出してしまったからだ。

（こんなことで、昔のリアム様を救えるわけないけど……でも、いてもたってもいられなかったの）

そして改めて、リアムがこれ以上痛みを抱えることがないことを願う。

そんな本音を笑みと共に隠し、グレイスは顔を上げた。

「……ただいま帰りました、リアム様。お会いしたかったです」

そうぎゅうぎゅうと抱き着きながら言えば、リアムが目を瞬《またた》かせてから破顔する。嘘《うそ》ではないから、リアムにこの気持ちがばれることはないはず。

「であれば、お揃いですね。わたしも帰ってグレイスに会うためだけに、職務をしっかり終わらせてきましたから」

「……もう、そんなこと言って。リアム様はいつだって完璧に責務を全うされるではありませんか」

そう拗《す》ねたように言いつつも、本当は嬉しい。だってリアムに愛されているのだという実感が湧くからだ。

しかし素直になれずに顔を逸《そ》らすと、いきなり視界が揺れる。気がつけばリアムの顔が下にあって、グレイスは驚いた。

「リアム様!?」

「グレイスがわたしのほうを向いてくださらないので、このまま運んでしまうことにしました」

「ちょ、ちょっと……!」

「一緒に食堂へ向かいましょうね」

そう言いながら、リアムはグレイスの膝裏と腰に手を回して抱き上げている。この形での抱え方はバランスが悪く、彼女はリアムの首にしがみつくしかなかった。

そんな様子を、使用人たちがものすごく微笑ましそうな顔をして見てくる。恥ずかしい、顔から火が出そうなほど恥ずかしい。顔が真っ赤になっていくのを自覚する。

そんなグレイスを見て、リアムが悪戯《いたずら》っぽく微笑んでいた。

(こ、この方はもう……!)

リアムが敢えて使用人たちの前でこの抱え方をしたのは、グレイスをからかうためだ。

しかしそれと同じくらい彼が嬉しそうなことが分かって、グレイスは顔を真っ赤にしたまま何も言えなくなってしまった。

食堂でようやく解放されたが、未だに向けられる使用人たちからの視線が痛くて前を向けない。

(唯一の頼みの綱であるシャル様は、『リアムのためにもイチャイチャしなさい!』なんて無茶苦茶なことを言ってどこかへ行ってしまうし……)

本当にもう、どうにかして欲しい。

それでも許してしまうのは、相手がリアムだからだろう。

そう思い少しだけ悔しい気持ちになっていたが、それもテーブルに並べられた温かな夕食を前にしたらすっかり忘れてしまった。

（どれも美味《おい》しい～！）

コンソメスープ、レンズ豆のサラダに、メインはチキンのハーブソテーだ。

コンソメスープは濁りのない金色で、ひと匙《さじ》含めば澄んだ味が口いっぱいに広がる。

レンズ豆のサラダも食感がよく、何より手作りのドレッシングがレンズ豆と相性ピッタリで最高だった。

ハーブソテーも、使われているハーブが摘みたてだからなのか香りがよく、肉の焼き加減も味付けもばっちりで、グレイスはぺろりと完食してしまった。

デザートに出されたイチゴのタルトに舌鼓を打っていると、リアムがくすくすと笑う。

「グレイスは本当に、美味しそうに食事をしますね」

「それはもちろん、このお屋敷で出される食事はすべて美味しいですから！」

視界の端にいた料理長が無言で泣いていたような気がするが、そこからは目を逸らしつつ、グレイスは強く頷《うなず》く。

それを見たリアムは、すっと目を細めた。

「グレイスが美味しそうに食べるので、わたしも食事の時間が好きになりました」

（あ、今、料理長が倒れた）

破壊力抜群の発言に苦笑いを浮かべつつも、悪い気はしないのは事実だった。

（だって食事は生きるために必要なことだもの！）

それを機械的に摂るしかできないなんて悲しい。それに一生に食べられる食事の量は決まっているのだから、できれば美味しいものを食べたいではないか。

しかしそれをリアムが公言したのは初めてだった。もちろん、食べる量が増えたり実際に行動に移したりしていたから楽しんでいるのだろうなと思っていたが、実際に言われると感じ方が違うわけで。

「じゃあこれからもずっと、美味しいものを食べて飲んで、色々なことを二人でして、楽しみましょうね」

今日ソフィアから言われたこともあり、グレイスが思わずそう言えば、リアムが目を丸くする。

「それってまるで、結婚を約束するみたいですね」

「え」

リアムに指摘され、グレイスはハッとした。

（ほ、本当だわ……え、何？　つい先日、夫婦神の前で婚約の誓いを果たした後に、リアム様の前でも将来について語っちゃったの……？　やだ、恥ずかしい……！）

何より恥ずかしいのは、今の発言が完全に無意識だったことだ。

「そこまでわたしとの結婚に乗り気だったなんて、嬉しいです。一年後になってしまいますが、良い式にしましょうね」

「……ハイ」

リアムがまったくからかう様子なく、本気で言っていることを感じ取ったグレイスは、一つ頷いて口をつぐんだのだった。


夕食も終わり、風呂にも入って、グレイスはようやく人心地ついた。

もうすっかり馴染《なじ》んでしまった私室のベッドに座ると、すとんと膝の上にシャルが乗ってくる。まるでそこが定位置と言わんばかりの自由な振る舞いに、グレイスは笑ってしまった。

『何よ？』

「いえ、幸せだなと思いまして」

そう言いながら、グレイスはシャルを撫でる。するりとした撫で心地にほっとしながらも、彼女が考えていたのは昼間のことだった。

（今回、小説には出てこなかった話が出てきたわ）

それは『運命の伴侶』についてだった。

何故この情報が小説内で出てこなかったのか。それはおそらく、この情報をアリアに伝える人がいなかったのだろう。

なんせ小説内でアリアが皇太子に出会った頃、セオドアとソフィアは亡くなっていたし、リアムは黒幕だったためその情報をアリアに伝える必要がなかった。むしろ皇太子の『運命の伴侶』であるアリアを真っ先に消したいと思うだろう。

またアリアの育ての親であるコンラッドも、大司教という立場だからか少しばかり事情を把握していたがそれでも完全ではないし、アリアが皇太子に会った頃にはもう亡くなっている。

肝心の、アリアのお相手である皇太子は、精神的にだいぶ参っていた時期だった。そんな状況で伝えられるタイミングは、作中にはなかったのだろう。

しかも今日もらった教本は、『運命の伴侶』ができるたびに魔術を使って写しているらしい。口伝ほど限定されてはいないが、それでも、この知識がアリアに伝わらないのも無理はなかった。

なのでこれはいいのだ。

(問題は、別。もし小説でも、『グレイス・ターナー』がリアム様の本物の『運命の伴侶』なのであれば……二つ、疑問が出てくる)

一つ目。『グレイス・ターナー』は何故、『リアム・クレスウェル』の神力に中《あ》てられたのか。

二つ目。『リアム・クレスウェル』は何故、『グレイス・ターナー』という『運命の伴侶』がそばにいるのに闇堕ちしたのか。

(多分、これらの疑問を検証することは、リアムを闇堕ちラスボス化させないために必要になってくるはず……)

あの小説は確かに創作物だが、同時にグレイスにとっての預言書だ。一度シナリオを壊したからといって、これと同じことは起きないなんて保証はどこにもない。

そして物事は原因があって結果が存在する。作中の『グレイス・ターナー』が神気に中てられた理由も、『リアム・クレスウェル』が『グレイス・ターナー』がいるのに闇堕ちした理由も存在するはず。

（そして作中と違う点は……私に前世の記憶があること。そして……私が、魔術が使えない、魔力を弾く特異体質になってしまったこと）

これらがおそらく、現状が小説の展開と違っている原因なのではないか。

（その上で……もう一つ疑問が出てくる）

それは、リアムの体から出ていたとされる黒いもやのことだ。

グレイスはそれを『魔力』だと判断した。魔力を弾く体質になってしまったグレイスの体がそれを弾いていたからだ。

しかし魔力がそんな禍々しいものだという話は聞いたことがない。

（だけれど、この目で実際に見ている）

そしてソフィアも見ているのだ。空想上ならばいざ知らず、見たものを信じられないというのであれば、グレイスは何を信じればいいのだろう。だから彼女はまず、自分の目を信じることにした。

（そのためにはまず一度、神力と魔力、そして二つの関係性について詳しく調べてみましょう）

そう思いながら。

グレイスはシャルの喉元を撫で続け、膨れ上がる自身の不安な心を宥《なだ》めたのだった。

＊

それから一週間が経《た》ち、そんな不安もすぐに忘れることとなる。

というより、忙しすぎてそれを考える暇がないというべきだろうか。

というのも、グレイスが女官として任された仕事が関係している。

それは——エリアナのお世話係だった。

「エリアナ様〜！　待ってくださいー！」

「ばー！」

エリアナの私室にて。

きゃっきゃっと可愛らしく笑いハイハイをする幼子《おさなご》の姿に、グレイスは表情を緩めた。

（本当に、ソフィア様に似て大変可愛らしい……）

初めて顔を合わせたときから思っていたが、まるで天使のようだ。

そして一緒にエリアナの世話係を担当しているソフィアの侍女も、グレイスと同じくにこにこしている。

エリアナの世話は、グレイスと侍女、そして乳母で代わりばんこに行なっていた。

何故三人体制で行なっているかというと、理由は三つある。

一つ目は、皇族の世話を任せられるほど信頼できる人間が少ないことだ。

というのも、皇族は好かれやすい代わりに、それを利用しようとする人間も寄せ付けてしまう。そのため、世話係を任せられる人間は本当に少ないのだ。

二つ目は、極秘とされる皇族の特性にある。

実を言うと皇族が浄化能力を身につけるのは、一歳を過ぎてからなのだそうだ。なのでまだ一歳にならないエリアナでは、自衛する手段がない。そのため、万全の体制で世話をするのである。

そして女官として、本来であれば皇后のそばにつき彼女の仕事の補佐をするはずのグレイスがエリアナの世話係に選ばれたのは、彼女が皇族の一員として認められているからでもある。それは純粋に嬉しいことだ。

……そして三つ目は、皇族が早熟なことだ。

つまり――

「ばーぶー！」

「……エ、エリアナ様……ちょ、ちょっと待って……」

――この歳《とし》にしてとてもよく動く。

そう、二人体制、かつ三人で代わりばんこに世話をしなければならないほど、それはもうよく動くのだ。

そのせいで見事、屍《しかばね》のような女性が二人出来上がっている。しかしエリアナはまだ遊び足りないらしく、部屋の中を動き回っていた。

こんなにも高速でハイハイをして動く幼子がいるのかと、グレイスは愕然《がくぜん》とする。

（というより私、この後に淑女教育があるのだけれど……）

午前中はエリアナの世話、午後は淑女教育のためにソフィアか、皇后の侍女長に教わることになってから、グレイスは悩む暇なく就寝する日々を送っていた。

そんな人間二人を、一番高い家具の上で悠々と見下ろしていたシャルが鼻で笑う。

『グレイス、あんた若いのにだらしないわね』

「い、いや、これはちょっと……体力がもたな……」

というのも、かれこれ三時間ほどこの状態なのだ。小型犬とずっと一緒に遊び回り、散歩をせがまれている状態、とでも言えばいいだろうか。それはきつい。

しかしぷつんと、まるで糸が切れたかのようにその場で寝てしまうこともあるので、本当に目が離せないのである。

それでも幸いなのが、エリアナが基本的にとてもいい子だということだろう。まだ一歳になっていないからなのか、それとも皇族ゆえなのかは分からないが、泣きわめいたり物を投げたりするようなこともなく、周囲に笑顔を振りまいている。

その笑顔がまるで天使のように神々しく可愛らしいことから、世話を担当している全員が癒されているのは事実だ。

そうして自身の体力を犠牲にして遊んでいると、エリアナが眠りにつく。そんな彼女をベビーベッドの上に寝かせながら、グレイスと侍女はようやく人心地ついた。

「お疲れ様。エリアナ様は一度眠られたらそう起きないし、少し休みましょう……」

そう言ってから、グレイスはメイドを呼び鈴を使って呼び、紅茶とお菓子を持ってくるように頼む。

「あ、ありがとうございます、グレイス様……不甲斐《ふがい》ないばかりで申し訳ございません」

「いいのよ。それに、私たちのお役目はエリアナ様のお世話よ。貴女は私と一緒にその役目を果したのだから、休憩くらいしても許されるわ」

「グレイス様……っ」

侍女、ことリーシャとは、もうすっかり友人だ。いや、どちらかと言えば戦友のようなものかもしれない。とにかく、一緒に仕事場という名の戦場を潜《くぐ》り抜けてきた友ではあると思う。仲間意識が少なからず芽生えているのは事実だった。また歳が近いこともあり、彼女とは一番仲良くさせてもらっている。

（……ちょっと、体力つけようかしら……）

もちろん、動き回るか寝ているかみたいな幼児と比べるのは違うが、女官としてエリアナの世話をする時間はもうしばらくは続くはず。一度体力をつけてみたほうがいいかもしれない。椅子に座った状態で、グレイスはそう思った。

何より、実家で農作業を手伝っていた身としては、体力の低下に危機感を覚える。

（いや、普通ならばご令嬢が走り回るとか論外なのだけれど……リアム様のそばにいるなら、動けるに越したことはないのよね……）

実際、グレイスはリアムの闇堕ちを止めるために、シャルに乗って空を駆け抜けたことがある。

あのときは病み上がりだというのもあったが、すべてが終わった後は体力が尽きて倒れてしまったのだ。これからも体を張らなければならない無茶ぶりは続くはずなので、今後のことを考えても基礎訓練をしておくに越したことはないかもしれない。

そんなことを考えていると、コンコンとノックが聞こえる。きっと先ほど呼んだメイドが、菓子と紅茶を持ってきてくれたのだろう。これで休める。そう思い、どうぞ、と声をかけると。

「お疲れ様、二人とも」

なんと、入ってきたのはソフィアだった。

グレイスとリーシャは、一拍置いた後、慌てて立ち上がり礼の姿勢を取る。

「皇后陛下、ご機嫌麗しく……」

「あらあら、休憩中なのでしょう？　そんなに畏《かしこ》まらなくていいのよ？」

（そうは言いましても……皇后陛下ですからね……）

グレイスも初対面のときよりは緊張しなくなったが、それでもソフィアは一国の君主の伴侶であり、国母である。そんな人に礼を尽くさないなんてことはできない。

すると彼女は、リーシャを見て微笑む。

「ああ、リーシャ。貴女もお疲れ様」

「い、いえ、皇后陛下。滅相もございません」

「貴女はとてもよくやってくれているわ。ただ、わたくしたちといたら落ち着かないでしょう？　ここはわたくしに任せて、少し休憩してらっしゃい」

「ですが……」

「大丈夫、貴女の分のお菓子は用意しておくように言ってあるわ。ゆっくりして頂戴ね」

「……はい、陛下。お心遣い、感謝します」

そう言うと、リーシャは立ち去ってしまう。

彼女としては救いの手のような言葉だっただろう。さすがの気遣いというべきか。こういう気配りはぜひとも見習っていきたいものだと、グレイスは思う。

グレイスが感心する一方で、ソフィアは手ずから運んだカートから茶器や菓子を移動させ、紅茶を淹《い》れ始めた。そうして淹れてもらった紅茶はとても美味しくて、驚く。

「皇后陛下は、紅茶を淹れるのがお上手ですね……」

「そう？　そう言ってもらえると嬉しいわ。セオドアさんもね、お気に召してくださっているのよ」

（ご自身の愛妻が淹れた紅茶だもの、それはそれは美味しいでしょうね……）

思えばリアムも、グレイスが何かするたびに喜んでくれる。もしかしたら紅茶を淹れても喜んでくれるのでは？

そう思い、彼女がリアムを労う意味を込めて自分も紅茶を淹れる練習をしようかと考えていると、ソフィアが微笑む。

「グレイスさん、エリアナによくしてくれて本当にありがとう。貴女ほどの歳の子なら、小さな子の面倒を見るのは大変でしょうに」

「い、いえ、そのようなことは。それにエリアナ様は、よく動き回る以外では手のかからない方ですから」

まあ、その『よく動き回る』のが大問題なのだが。

すると、ソフィアは口元に手を当てて笑う。

「そうなのよ。エリアナは本当によく動くから……皇家の人間は皆早熟だけれど、エリアナは身体面の発達が早いみたいね」

「皇太子殿下はいかがでしたか？」

「オレオール？　そうね、あの子はどちらかというと、話すのが早かったわ。昔から、本を読むのが好きでね。乳母たちにも絵本を読んで欲しいとよくせがんでいたもの」

（へえ、皇族でも育ち方に違いがあるのね……）

そう言い、思い出したのはセオドアとリアムのことだ。

「……幼少期の皇帝陛下はエリアナ様、リアム様は皇太子殿下と同じだったのでしょうね」

想像がつく。そう思いながら発言すると、ソフィアも思い浮かべたのか頷く。

「きっとそうでしょうね。お二人の幼少期なんて、きっととっても可愛らしいのでしょうね～！」

「絶対に可愛いですね！」

思わぬ話題で盛り上がり、グレイスの心も大分軽くなった。すると、ソフィアが微笑む。

「まさか、こんな話題で盛り上がれる瞬間が来るとは思わなかったわ。可愛らしい義妹《いもうと》と娘、両方を持てるなんて、わたくしは幸せ者ね」

「私のほうこそ、陛下のような素敵なお義姉《ねえ》さまを持つことができて幸せです」

「まあ、嬉しいわ」

実際、ソフィアは同性のグレイスから見ても魅力的な人だった。思わずうっとりするような優しく柔らかい声は聞いているだけで落ち着くし、そばにいるだけで癒される。リアムやセオドアのそばにいるときに感じる清涼感とは違った雰囲気だ。これは気苦労が絶えないセオドアも落ち着くことだろう。

ただそんなとき、グレイスは不安になるからと思い出さないようにと努めていた小説のストーリーを思い出してしまう。

(……そうだわ。お二人も、亡くなってしまうのよね)

リアムが闇堕ちしなかった以上、そんな事態は起きないと思うが、しかしどうしても気になってしまう。

(……いけない。私は、私にできることをしなくては)

小説は小説だ。一部のストーリーに変更が起こった以上、そのまま進むとは考えにくい。

それに、グレイスが今やらなければならないのは、リアムの婚約者としての地位を確固たるものにすることだった。そのために必要なことは山ほどある。

(……頑張らないと)

そう気合を入れ直したグレイスは、この後に行なうこととなっている淑女教育のための体力を取り戻すべく、菓子と紅茶を口にしたのだった。

＊

翌日。

今日も今日とて女官としての務めを果たす予定だったのだが、お勤めの時間より早く屋敷を出たグレイスが向かったのは、宮廷図書館だった。

理由は、この図書館が帝国内最大の蔵書を誇るからである。

もちろん自由に利用できる人間は限られているが、グレイスはこのたびリアムの婚約者となったため、許可証を発行されている。

調べ物をするのであればここだろうとやってきたが、その膨大な蔵書量に、グレイスはすっかり圧倒されてしまった。

本、本。本本本。おびただしいほどの書物が、グレイスが二人並んでも届かないような本棚に、ぎっしりと詰まっている。

そしてそんな本棚が、それはもう数えきれないほど並んでいるのだ。帝国最大の蔵書を誇る図書館の称号は伊達《だて》ではないなと感心してしまった。

（こう言ってはなんだけれど……まずここに足を運んだのは、軽率だったかもしれないわ）

どこに赴けばいいのか分からず、グレイスはシャルを抱えたまま途方に暮れた。

だが、リアムにはできる限り知られたくなかったのだ。不確かなことでリアムの手をわずらわせたくない。何より彼はグレイスの変化に目ざといため、彼女が何か目的をもって調べ物をしていれば、あの手この手を使ってでも何をしているのか聞き出そうとするだろう。

（昨日はああ言ってくださったけれど、リアム様が今抱えている責務が大変なことくらい、私だって分かっているわ）

なんせ、『世紀の大神罰』などと呼ばれるほどの大改革を行なったのだ。その余波は相当なものだろう。

そしてリアムは、その穴埋めをするために婚約式前までずっと大忙しだったのだ。地方に赴いていたこともある。最近は政治情勢共々だいぶ落ち着いてきているが、それはリアムの手腕あってのことだった。

そんな婚約者の姿をずっとそばで見てきたグレイスとしては、自分の手でどうにかなることであればできるだけどうにかしたかった。調べ物など特にそうだ。

既にだいぶ心が折れかけているが、一度決めたのであれば最後までやり抜くべきだろう。

そう自分に喝を入れたグレイスは、宮廷図書館司書の力を頼ることにした。

「ごきげんよう。神力と魔力……双方のことが書かれた書物を探しているのだけれど、場所を教えていただくことはできます？」

「はい。……は、はい!?」

「え？」

女性司書に声をかけただけなのにものすごい勢いで驚かれてしまい、グレイスのほうが驚いてしまった。しかし女性司書はすぐさま表情を取り繕うと、関連書籍がある本棚のところまで案内してくれる。

「どうぞ、こちらになります」

「ありがとう。ところで、この中で初心者向けの書物はあるかしら？」

「そ、それでしたら、この辺りがよろしいのではないかと……」

そう言い、女性司書が数冊の書物を魔術を使い、抜き出してくれる。

「あ、こちらを読まれるのでしたら、建国神話なども一緒に読むことをおすすめします」

「建国神話？」

「はい。魔力と神力を語る上で、夫婦神のお話は欠かせませんから」

そう言うと、彼女は神話関係の棚にも案内してくれ、よさそうな書物を見繕ってくれた。

その有能ぶりに、グレイスは思わず内心感嘆の声を上げる。

（さすが宮廷図書館司書だわ！　優秀かつ、素晴らしい気遣い！）

宮廷の治安がいいようで、グレイスとしてもにこにこしてしまった。そのため、素直に礼の言葉を述べる。

「とても助かりました。お気遣いありがとう」

「い、いえ！　お役に立てて光栄です！」

（えっと……一体どういう状況？）

見た感じ貴族ではなく平民出身だと思うのだが、グレイスが何かしただろうか。正直まったく分からないが、そろそろ勤務時間だ。なので貸出手続きを手早く済ませたグレイスは急いで、エリアナの私室に向かう。

しかし途中で半泣きのリーシャに遭遇した。

「グ、グレイスさま……！」

「いったいどうしたの、リーシャ」

「それが、それが……少し目を離した隙に、皇女殿下がベランダから外へ……！」

（なんですって……!?）

グレイスは内心、悲鳴を上げた。

ただ、今までのエリアナの様子を見ていれば、その可能性があることは容易に想像できる。だからこそ世話係全員が扉の開閉に気を配っていたのだが、それでもミスは起きるものだ。

幸いなのは、エリアナの私室が一階にあることだろう。つまり、転落したということはない。

（ただ、宮廷の庭は広大よ。捜すとなると人手が必要……）

そう思いつつ、グレイスはリーシャにできるだけ優しく声をかける。

「リーシャ、落ち着いて。まず、乳母はどこにいるの？」

「あ、その、皇后陛下にご報告に……」

つまり、最低限の連絡は既に済んでいるということだ。これは朗報である。

（何事も、連絡が滞るのが一番問題だもの……今回は捜索だし）

そう思いつつ、グレイスはリーシャに微笑んだ。

「分かったわ。それならきっと捜索隊も出してくださるわ。だから私たちは落ち着いて、先にエリアナ様を捜しましょう。どちらへ向かったのか、見当はつく？」

「……皇后宮のお庭の、おそらく薔薇園《ばらえん》のほうに行かれたのではないかと……」

「そう、分かったわ。なら私と一緒に行きましょう」

すると、グレイスの肩に乗っかっていたシャルがしゅるりと尻尾を首に絡めてくる。

『グレイス、あたしがいることを忘れてない？』

「シャル様。エリアナ様の居場所が分かるのですか？」

『もちろんよ』

その言葉を受け、グレイスはリーシャに目配せをする。彼女も一つ頷き、了承してくれた。

そうして二人と一匹はそのまま、薔薇園へと向かった。

シャルは身軽だからか、するすると薔薇園の中を駆け抜けていく。

ただ契約者だからか、シャルが多少離れていても、グレイスは彼女のいる場所が手に取るように分かった。そのため、広すぎる宮廷内でも迷うことなく足取りを辿《たど》れる。

しかし礼儀作法について学ぶためにきちんとしたドレスで来ていたため早歩きしかできず、追いつくのに苦労した。

（やっと追いついた……！）

見慣れた白猫の後ろ姿を見つけ、グレイスはようやく息をついた。

しかし一息つけたのも束《つか》の間《ま》、シャルが鋭く叫ぶ。

『グレイス！　来て！』

「は、はい!?　なんでしょうか……！」

『皇女に、変な黒いもやがついてるのよ……！』

「……え？」

ぞわり。

背筋に悪寒を感じたグレイスがシャルが指し示す先を見れば――そこには、黒いもやに付きまとわれるエリアナがいた。

リーシャがか細い悲鳴を上げる。

その一方でグレイスは、その黒いもやに既視感を覚えた。

（これは……リアム様が闇堕ちしかけたときにも出ていたもや……!?）

何故そんなものが、この宮廷に出現したのか。エリアナを取り込もうとしているのか。気になる点は多々あるが、今重要なのはエリアナを救い出すことだ。

瞬時にそう判断したグレイスは、一も二もなく黒いもやの中に飛び込んだ。

『グレイス!?』

「グレイス様!?」

「シャル様とリーシャは、そのままそこにいてください！」

（あれが前回同様魔力の波動なら、シャル様のことを傷つけてしまう……！　そんなことはさせない！）

そうしてグレイスがエリアナに覆いかぶさるようにすれば、黒いもやがひるんだように震え、赤子から離れたのだ。

その隙に、グレイスはぎゅっとエリアナを抱き上げる。彼女の様子を窺《うかが》えば、どうやら気絶しているらしかった。

(この黒いもやのせいなら、一刻でも早く宮廷医か神官に診せなくては……！)

そう思った瞬間、もやが牙を剝《む》いた蛇のような形に変わり、明確な敵意を持ってグレイスを攻撃してくる。

『グレイス！』

「大丈夫です！　シャル様！」

そうは言ったものの、何か分からないものが体当たりをしてきたことに対する恐怖はあったし、いくら特異な体質をしているからと言って本当に防げるのか確証がない状態での行動には不安があった。

だが幸いグレイスの予想通り、黒蛇はまるで間にある障壁に阻まれるようにして跳ね飛ばされる。

(よ、よかった……)

しかし蛇は一向に諦める様子がなく、何度も何度もグレイスに体当たりをしてきたのだ。

この特異体質、当たらないとはいえ衝撃は感じる。

そのためグレイスは、内心悲鳴を上げた。

(いやあああ!?　本当に何、やめて……！)

この特異体質、こういうときは便利なのだが、なら衝撃も吸収できるようにして欲しかった、とグレイスは勝手にこの体質に変えた相手に心の中で盛大に文句を言う。

それでもエリアナのことだけは守ろうと、ぶるぶると震えながらも抱き締める力を強めた。

『この……あっちへ行け！　あたしのグレイスから離れなさいッ!!』

シャルの叫び声が聞こえるのと同時に、きらりと青い光がまたたき――気づけば、黒いもやが目の前から消えていた。

「……え」

何が起きたのか分からずグレイスがぽかーんとしていると、いつの間にか神獣としての本来の大きさに戻っていたシャルがいた。

それを見て、グレイスは気づく。

（そ、そっか……シャル様が助けてくださったんだわ）

先ほどの光は、浄化の光だろう。魔力の塊なのに浄化によって消えてしまうのは何故なのかとか、色々と気になることはあったが。今言えるのは、助かってよかったということだけだった。

「し、死ぬかと思った……」

思わずそう口にし、安堵《あんど》の息をはいていたら、びたーん！　と背中を何かで叩かれる。

シャルの尻尾だった。

小さいシャルの尻尾なら叩かれてもそんなに痛くないが、今はグレイスを優に超えるサイズになっているため、普通に痛い。

『ちょっとグレイス、あんた何やってるのよ!?』

「そう言うシャル様こそ、痛いです……」

『当たり前でしょ!?　あたしの下僕の分際で、何無茶してんのよ！』

「う……ですがあの場ではあれが最善でしたし……」

『その後にあたしに助けられているようじゃ、最善って言えないのよおバカ！』

「うぐ」

『そもそもあたしの役割は、あんたの護衛！　それなのに前に出るバカがどこにいるのよここにいたわね大バカ小娘ッッッ!!』

（ひ、ひどい……）

しかし残念なことに、否定できない事実だった。

何よりシャルがここまで言うということは、それくらい危ない行動をグレイスが取ったということであり、彼女に心配をかけたということでもある。そのため、ものすごく反省した姿を見せつつも、グレイスは喜んでいた。

（あのシャル様がまさか、ここまでデレてくださるようになるなんて……）

嬉しい。だけれど尻尾でビシビシされるのは痛い。

それに、今はそれよりも大事なことがある。

そう思ったグレイスはシャルを宥《なだ》めつつ、そばでへたり込んでいるリーシャに声をかけた。

「リーシャ」

「は……はいっ!?」

「ここに、人を呼んでくれる？　また何か起きるかもしれないから、私はエリアナ様と一緒にここで待機しているわ」

「わ、分かりました……！」

別にエリアナをリーシャに渡してもよかったのだが、道中でまた黒いもやに出会ったらたまらないし、できる限り現場を保存しておきたいという意図もあった。なのでグレイスはここに残ることにする。

また、シャルに話したいこともある。そのため、リーシャにはここにいてもらっては困るのだ。

（あの黒いもやがなんなのか分かっていないから、リーシャが私の特異体質に気づくことはないだろうし……彼女は皇后側の人間だから、いざとなったら口止めはできる。だからその点は大丈夫なはずよ……）

そう自分を宥めてから、グレイスは未だに不機嫌全開なシャルと向き合った。

「シャル様、私が悪かったです。なのでどうか、怒りを鎮めていただいた上で、一つお願いが……」

『はあ？　あたしの言いたいことはまだ終わって、』

「リアム様に関係することなのです。お願いします」

『……言いなさい』

相変わらずリアムのこととなると聞き分けがいいシャルに、グレイスは内心笑う。ただ今それを表に出せばさらに機嫌を損ねることは確実だったため、表面上はなんとか真面目な顔を保った。

「先ほど見たことですが。リアム様にはしばらく、言わないで欲しいんです」

『は？　何言ってんのよ。皇女が宮廷で、しかもあんな得体の知れないものに襲われたのよ？　言わないなんて選択ないでしょ』

「はい。もちろん、そのご報告は致します。ただ……あの黒いもや。私たちはあれを別の場面でも見ているのです」

『別の場面って……もしかして』

そこまで言ってから、シャルはあれがリアムが闇堕ちしかけた際にまとっていたものと同質であることに気づいたようだった。

グレイスは一つ頷く。

「そうです。そしてそれを報告しなければならなくなったとき……今回の件で真っ先に疑われるのはリアム様です」

『………っ』

「私は、リアム様をみだりに傷つけるようなことをしたくないんです」

闇堕ちしかけたリアムは、あの黒いもやを操っていた。そしてもしグレイスがそのことを含めて皇女の件を伝えれば、疑いの目はリアムに向かうだろう。もちろん、その程度で傷つくほどリアムが築き上げてきたものは脆《もろ》くないはずだが、できるだけ慎重に話を進めたい。

だってグレイスは、リアムの婚約者だ。それなのに彼を守るどころか傷つけるようなこと、あってはならない。

グレイスに裏切られた――そんな絶望顔をリアムがすることになった場合を想像し、彼女はぞっとする。

(何より嫌なのは……これを知ったリアム様が絶対に、私と距離をおこうとすること)

リアムは、自分がいくら苦しかろうが、それで大切な人が守れるのならいいと考えるような、自己犠牲精神の強い人だ。だから自分自身が危険な存在だと分かったとき、彼は絶対にグレイスのそばから離れようとする。

そしてそれは、リアム自身を傷つけるだけで何の解決にもならないのだ。少なくともグレイスは、彼にこれ以上傷ついて欲しくなかった。

(それに、あの黒いもやがなんなのかも分かっていないし……)

何もかも、分からないことだらけだ。皇族の伴侶に相応《ふさわ》しい淑女になるためにソフィアに教えを乞うている状況なのにこれとは、頭痛の種しかなくて困る。

(それに……小説の次の展開でリアム様が手を出したとされる人物は、エリアナ皇女殿下とソフィア様だった……)

これはもう、断言していいだろう。

小説のストーリーは、一つ壊しただけでは止まらない。

そして主要人物たちの死にまつわる事件の発生は、絶対にへし折れることのない回収確定フラグなのだ――

痛む頭を抱えながらも、グレイスはなんとか立ち上がった。

「ひとまずこの件は、皇帝陛下のみにお話ししようと思います……ですのでリアム様にはどうか、ご内密にお願いできませんか？」

『…………』

長い長い沈黙の後、ため息が聞こえた。

『……はあ、仕方ないわね。今回だけよ』

「ありがとうございます、シャル様」

『リアムのためだもの。……だけどあんた、リアムに隠し事ができると思っているわけ？』

「まあ……その辺りはなんとかします」

リアムへの対応は分かっている。嘘をつかなければいいのだ。

それに何も、ずっと嘘をつこうとしているわけではない。少し調べる時間が欲しいだけだ。その程度ならばなんとかなるはず。

（まあその前に、皇女殿下のことよね……）

リーシャが人を連れて戻ってきたら宮廷医に診せなければならない。その上グレイスは状況を知る一人なので、関係者たちにもきちんと説明しなければならないだろう。セオドアに話を通すのであればその後なので、帰るのは夕方になってしまうかもしれない。

これから待ち受ける面倒ごとにさらに頭が痛くなってきたが、へこたれてはいられなかった。

だってリアムが関係していることなのだから。

そう思ったグレイスはため息をこぼしながらも、改めて気合を入れ直したのだった——

＊

その一方で。

リアム・クレスウェルは、幸せの絶頂にいた。

というのも、グレイスと婚約式を行ない、正式な意味で婚約者となったからだ。

それ以前も、グレイスの身の安全を確保するために同棲《どうせい》はしていたが、周囲にきちんと公表するのとしないのとではこうも心理面で違いが出るのかと、驚いた。

何よりグレイスが夫婦神の前で婚約を誓う、という、ほぼ結婚の誓いと同じくらい重たい誓いをしてくれたことが、リアムにとってはこの上ないくらい嬉しいことだった。

だが同時に、それにより起こった周囲の変化を感じて冷めた気持ちにもなる。

というのも、リアムが『世紀の大神罰』を行なったことで、貴族たちの中にもいくつかの派閥が生まれたからだ。

一つ目は、皇族に対して畏敬の念を抱き、より強い信仰心を持つようになった派閥。

二つ目は、皇族に対して以前よりも距離を置くようになったが、同時に愛想は忘れない派閥。

三つ目は、リアムを変えた張本人であろうと推測されるグレイスに対して、明らかな嫌悪を向ける派閥。

そして四つ目は——分かりやすい弱みであるグレイスを使って、リアムを操ることができるのでは？　と企《たくら》むようになった派閥だ。

以前よりも派閥が細分化したのは、ある意味悪意を持つ人間が分かりやすく炙《あぶ》り出された結果とも言えよう。

一つ目の派閥の人数が多く、四つ目にいくにつれて少なくなるが、軽視できる存在ではない。

そしてここで問題となるのが、二つ目の派閥の人間以外はどれも一定の警戒が必要な存在だという点だった。

行き過ぎた信仰心は最悪の場合、暴力に発展する。

そして皇族を信仰すればするほど、そのそばにいる部外者——『運命の伴侶』の存在を邪魔だと思う者は出てくる。それはセオドアとソフィアが婚約したときに、嫌というほど目の当たりにした。

とはいえグレイスと婚約すると決めたときから、こういった派閥ができることは覚悟していた。

そしてそれと立ち向かう覚悟も。

ただ。

ただ本当にこのせいでグレイスの身に危険が迫るようであれば、彼女と離れようとも思っていた。

それがたとえ、どんなにつらく苦しい選択であったとしても。

もちろん、この選択を下すのは本当に最終手段だ。

——それに、グレイスが食べたキャンディの謎もいまだに解明できていません。

継続して調べてはいるが、どのように作ったのかも、誰が作ったのかも分からないものだ。放っておくのはあまりにも危険。

だが同時に、これ以上調べても犯人が顔を出さないことは明らかだった。

というのもこの神力を込めたものを作った犯人が、かなり用意周到に自身に繋《つな》がる痕跡を消しているからだ。この分だと、次に関係する情報が表に出てくるのは先になるだろう。

そしてこの物質を研究することは、リアムの管轄外だ。なんせ皇族は神力を使えない。使えない上に、感じられないのだ。だから他の頼れる者に、この研究を任せている。

この物質がどれくらい広まっているかは定かではないが、貴族たちの間で広まっていたことを考えると軽視できるものではない。そのため、この物質を中和できる薬の開発は今リアムが最優先で取り組んでいる案件だった。

とはいえ、ほぼ他人任せなため、この件でリアムがすることと言えば資金繰りと人材集めだった。そのため、正直言ってやることがないのである。

「……仕方ありませんね。それならば、危険な貴族たちでもピックアップしましょうか」

リアムはそうため息をこぼし、婚約式の際に気になった行動を起こしていた貴族たちを改めてピックアップし、調査することにした。

当時、グレイスに対して悪感情を抱いていた人物のことはきちんと記憶している。リアムがそばにいるときはそういった様子を隠していた者もいたが、その程度で隠せると思ったら大間違いだ。

人には魔力がある。

そしてその魔力は、一人一人微妙に性質が違っている。

リアムも意識をしなければ魔力の違いを認識できないが、このときは神経をいつも以上に研ぎ澄ましていた。だから顔が見えなかろうが、誰がどこにいるか把握していた。それもあり、要注意人物は分かっている。

今のところ、要注意人物は。

「……ダミアン・ギブズ。彼は……あの場において、グレイスに並々ならぬ興味を抱いていました」

それも、他の人間たちとは違う。どことなくべったりとした好意の入り交じった、嫌な視線だ。完全なる好意とは違っていたが、あの中で唯一違った様子をしていたので印象に強く残っていた。

そこでリアムは思い出した。ダミアンに、想い人《おもびと》がいるという情報を。

「……もしかして、グレイスに対して恋心を……？」

瞬間、胸にもやりとした黒い感情が渦巻く。それが独占欲という感情だということを、リアムはよく知っていた。

しかし同時にこれは、リアムが抱いて当然の感情だ。なんせもしそれが本当ならば、ダミアンは彼に喧嘩《けんか》を売ったということになるのだから。そう思うと、湧き上がりかけた黒い感情がすうっと引いていく。

目を細めたリアムは、ダミアンのことを徹底的に調べることを誓ったのだった。

二章

セオドア・アルボル・ブランシェット。

ブランシェット帝国今代皇帝でありリアム・クレスウェルの兄でもある彼は、朝からとても悩んでいた。

……寝た気がしないな。

それは、昨日エリアナが被害者となる事件が起きたこと。そして、皇女を助けたリアムの婚約者、グレイス・ターナーからもたらされたとある情報が原因だった――


グレイスから事件のあらましを聞いたセオドアは、色々な意味で頭を抱えた。

まさか宮廷内にいる状況で、エリアナの身に危険が及ぶことになるとは……。

皇族は皆早熟だ。そのためハイハイもおしゃべりも立って歩くことも、一般的な赤子と比べると驚くようなスピードでクリアし、ぐんぐん成長していく。その辺りを見ても、皇族は生まれたときから皇族なのだということが分かる。

エリアナが一人になってしまったのはそんな彼女の発育に関する問題と、乳母たちが目を離してしまったことが原因だ。

しかし宮廷内でまさか未知の何かが出てきて、エリアナに危害を加えようとするとは、セオドアでさえ思っていなかった。

そのため、今後の警備体制を含めてどうしたものかと考えていると、グレイスが口を開く。

「陛下。一つ、お伝えしなくてはならないことがございます」

「なんだ、グレイス嬢」

家族の仲間入り一歩手前ということもあり、すっかり名前で呼ぶ関係になっていた少女にそう呼びかけると、彼女は真剣な顔をして告げた。

「その、黒いもやなのですが……以前、リアム様が魔力を暴走させそうになった際に出ていたものに、酷似しているようなのです」

それを聞いたセオドアの思考が、止まった。

……リアムから出ていた、だと？

「……その話は初耳だが」

思わずきつい言い方になってしまいハッとするが、グレイスはそれに気づいたように苦笑してからきゅっと表情を引き締めた。

「申し訳ございません。黙っていたというわけではなく、暗闇の中だったこと、また私の体調が優れなかったということもあり、その点に関するご報告を失念していたのです。ですがそれは確かにリアム様の周りにあり、彼の意思に沿って動いておりました」

グレイスが何を言いたいのか、セオドアは瞬時に理解した。

そして、彼女が何故《なぜ》それを伝えてきたのかも。

……この情報が周囲に知られれば、リアムが陥れられるからか……。

今のリアムの立場は、非常に不安定だ。

以前のようにただ微笑《ほほえ》んでいるだけの、扱いやすそうな人間でなくなった反面、それを悟った貴族たちからは煙たがられているし、恐れられている。それはそうだろう。『世紀の大神罰』はそれほどまでに衝撃的なことだったのだから。

セオドアはあの行動を称賛しているし、リアム自身も明るくなったため決して間違いではなかったと断言できるが、それにより弟に別の問題が浮上していることも分かっている。

そしてもし、リアムがエリアナを害そうとしたと噂《うわさ》になれば、リアムを疎む貴族たちはこぞって彼を追及しようとするだろう。

「私も、リアム様がエリアナ皇女殿下に危害を加えようとするような方ではないことはよく知っております。ですが、この黒いもやが同質のものであるということは、ほぼ間違いないと思うのです」

「それは何故だ？」

「……この黒いもやを、私が弾《はじ》いたからです」

グレイスの特異体質を、セオドアは知っている。ゆえに聞いた。

「つまり黒いもやの正体は、魔力ということか？」

「……個人的には、それと限りなく近い別の何か、ではないかと。何故かと申しますと、シャル様の浄化の光によって霧散したからです。ですので、性質としては邪気に近いのではないかと……」

確かにその反応から見るに、グレイスの推測は正しいように感じた。魔力と神力はお互い別の神の力だが、魔力で作られた何かであれば浄化の光が効くことは決してないからだ。

「魔力に似た、しかし邪気に近い別の何か、か……」

「はい。そしてそれが、リアム様を苦しめているものであるならば……私はそれを調査したいです」

グレイスは真剣な、それでいて切実な目をしていた。それだけでなく言葉からも、彼女が本当にリアムのことを愛していて、助けになりたいと考えていることが伝わってくる。

瞬間、セオドアの脳裏にリアムの顔が浮かんだ。

――それは、リアムが幼い頃。彼が自身のおかしさについて助けを求めてきたときの記憶だった。

『父上、兄上。わたしは……皇族に相応《ふさわ》しくない存在です』

疑問ですらなく、リアムは断言した。十代そこらの少年が言うには重すぎる言葉だった。

しかもあのときのリアムは、自身でその原因をできる限り調べた上で、ただ自分が欠陥だったからと結論付けたのだ。

だからあのときのセオドアは愕然《がくぜん》とし、父共々リアムの主張を受け止めることしかできなかったのだ。だが。

……もし。もしもあのときの主張が、この黒いもやのせいだったとしたら?

そしてそれが未知の、邪気でも魔力でもない第三の力のせいなのであれば、話は変わってくる。

セオドアの中にめらめらと、言い知れぬ何かが湧き上がってきた。

それはリアムを苦しめている何かに対する怒りであり、これ以上大切な弟が自分を責めず罰せずに済むかもしれないことへの期待、そしてそれをどのようにして証明すればいいのか分からないことへの不安と恐怖である。

しかし理由はどうであれ、『それ』はセオドアの大切な家族――娘と弟に危害を加えたのだ。到底許しておけない。

だから、セオドアがとる行動は一つだった。

「……分かった、グレイス嬢。リアムの件を伏せた上で、調査をすることを許そう」

「あ、ありがとうございます、陛下！」

「ただわたしのほうでも、エリアナに危害を及ぼそうとしたことに関しては調査をする。リアムではない第三者が関わっていたとしたら、目も当てられないからな」

「仰《おっしゃ》る通りです」

「ああ。だから黒いもやに関しての調査は、グレイス嬢に任せたい。もちろん、心強い協力者をつけることを約束しよう。なんせ今回調査をするのは、まったく未知の力だ。そうであるならば神力と魔力、両方からのアプローチをしたほうがいい。現状の手掛かりはそれだけだからな」

「ありがとうございます、陛下」

そう笑うグレイスに、セオドアは言葉を選びながら口を開いた。

「ただ一つ、許可をもらいたい」

「許可、ですか？」

「ああ。グレイス嬢の体質について、協力者に説明をすることだ」

そう聞き、グレイスが息を呑《の》んだのが分かった。それはそうだろう。彼女にとってそれは未《いま》だに隠したいものであり、謎でもある。

しかしセオドアは、いい機会だと考えていた。

というのも、グレイス嬢の体質には謎が多すぎる。

彼女の神獣であるシャルが言うには、グレイスの体は魔力の層が折り重なった上で、外に神力をまとっている状態らしい。

そしてこの現象は、極めて異例なのだ。

なんせ魔力は固体になりやすく、神力は気体になりやすい性質を持っている。それを考えると、グレイスの状況は何者かが故意に起こしたものとしか思えないのだ。

その上、以前裁いた司教が神力に魔力をまとわせ洗脳を企《たくら》むという特殊なキャンディを製造していたこともある。グレイスの体質改善のためにも国の安全を守るためにも、一度きちんと調べておいたほうがいいだろう。

何よりキャンディの件を継続して調べているのは、他でもないリアムだった。しかし進展がないのは、情報が足りないから。彼を助けることにも繋《つな》がるのであれば、セオドアとしても本望である。

そう説明すれば、グレイスは納得したように頷《うなず》いた。

「その協力者様は、信頼に足る方々なのですよね？」

「ああ、我が名に誓って保証しよう」

皇族が自身の名に誓うということは、夫婦神に誓うということだ。そしてグレイスはその重さを知っていたらしい。ひどく驚いた顔をしてから「ありがとうございます」と呟《つぶや》いた。

しかしセオドアとしては、大事な弟の婚約者なのだから、これくらい誓って当然だと思っている。それもあり、笑みだけを返した。

「それに、神力に関しての協力者は、グレイス嬢も既知の人物だ」

「……もしかして、大司教様のことでしょうか？」

「ああ、その通りだ」

コンラッド・エリソンは、グレイスの体質のことを診ている主治医のようなものだ。そんな彼がそばにいるとなれば、きっとグレイスも安心してくれるだろう。そう思い頷けば、彼女は表情を和らげて見せた。

「皇帝陛下のご配慮に、心から感謝申し上げます」

「いや、わたしは皇帝である以前に、リアムの兄だからな、当然だ。むしろ……リアムのそばに君がいること、それを心から嬉《うれ》しく思うよ」

「……そう仰っていただき、私も嬉しいです。何よりこれは、リアム様のためになる行動ですから。あの方のために動けることが、私はとても嬉しいのです」

気恥ずかしそうだがとても嬉しそうに笑うグレイスを見て、セオドアは眩《まぶ》しくなり目を細めた。

何より、こんな素敵な女性をリアムの『運命の伴侶』に選んでくれた夫婦神に、心から感謝をする。

だって彼女は間違いなく、リアムのことを救ってくれた唯一の光なのだから——


ふう、と。セオドアは一つ息をはき、気持ちを切り替えた。

そう、まだ歳若《としわか》い令嬢が、あんなにもやる気を見せてくれているのだ。セオドアもそれに対して誠意を返したいと強く思った。

ひとまず、昨夜のうちに協力者とは話をつけた。あとは密会場所の用意をしなくてはな……。

その上で通常業務と、皇族に危害を加えようとする輩《やから》の調査も進めなくては。ああ、エリアナの件はリアムにも報告を入れておかなければならない。

山積みの責務や職務と格闘することを決めたセオドアは、ペンを手に取ったのだった——

＊

セオドアの協力を得ることができたグレイスは改めて、小説のストーリーをおさらいするべく以前書き込んだ冊子を開いていた。

『亡国の聖花《せいか》』。

それは主人公であるアリアの成長譚《せいちょうたん》であり、ブランシェット帝国の滅亡を阻止するための物語でもある。

そんなブランシェット帝国の滅亡の第一歩が、リアムの伯父であるケイレブに対して我慢の限界が来たリアムが事故死に見せかけ殺害した事件。グレイスが去年の夏頃に、リアムたちと一緒に防いだものだ。

そして第二歩が――グレイス主催の宮廷パーティーで起きた、皇后ソフィア及び、皇女エリアナの転落死だった。

二人の死をきっかけに、皇帝セオドアは衰弱していく。

セオドアが衰弱していった理由は作中で詳しく書かれていなかったが、今ならばその理由にも見当がつく。『運命の伴侶』であるソフィアが亡くなったからだ。

それは同時に、この事件に関与している黒幕が皇族の事情について詳しいということが窺《うかが》える。

この情報が作中で早く出ていれば、リアムが犯人だと疑われる確率は上がっていただろう。

(だって『運命の伴侶』を殺せば、ついでにそのお相手である皇族も間接的に殺せるんだもの。一挙両得というやつよ)

気分の悪い話だが、グレイスが悪役でその情報を知っていたのであれば、真っ先に利用しようと考えるだろう。そしてだからこそ、『運命の伴侶』の情報は厳重に管理されてきたのだ。

冊子を眺めながら、グレイスは思わずため息をこぼした。

「分かってはいたけれど……転落死という情報だけで、皇后陛下と皇女殿下の死の原因に関する記述はなかった……」

目を皿のようにして何度も確認したから間違いない。小説では詳しく書かれていない事件だ。というのも、主人公であるアリアが学園にいた頃に起きた事件で、彼女自身があまり興味を抱いていなかったからである。

ただ世間を騒がせた内容ではあったので、アリアが読んだ新聞の見出しに『愛に狂った子爵が起こした夜会での凶行!』と書かれていたこと。その内容を読んだアリアが「婚約者がいるのに、どうしてこんなことができるの? 貴族も所詮人ね」と吐き捨てるように言うシーンだけがグレイスの印象に残っている。

つまり手元にある情報は、『婚約者がいる子爵』である。

(この帝国に一体どれだけ、婚約者がいる子爵がいると思ってるのよ!)

何も情報がないよりはましだが、範囲が広すぎて対象を絞り切れない。

それに、小説内ではグレイス主催の宮廷パーティーで事件が起こったが、今回何かが起きるとしたら、それは絶対にリアムの生誕を祝う夜会でだろう。

しかし小説の流れは、グレイスが既にぶち壊している。つまり、一度破綻した上でそれでも主要人物たちの死にまつわる事件が起きるのであれば、それは小説内のものとは違った形で起きるのは当たり前だろう。つまり今後は、グレイスも臨機応変に対応していかなければならないわけだ。

(死亡フラグを折るための難易度が、さらに上がった気がするわ……)

痛む頭を押さえつつも、グレイスは参考程度に小説内の事件を思い出すことにする。

――事件が起きたのは、グレイスがリアムの婚約者になり、淑女教育の成果を見せるために開かれた夜会でだった。

そして犯人は、皇后に対して好意を抱いていたのだという。それを理由に、犯人は皇后に手を出そうとした。

きっと小説では、リアムがこの犯人をそそのかし皇后の下へ向かえるよう仕向けたのだろう。その上で転落死したことを考えると、犯人から逃げようとした皇后が、娘を抱えたまま階段を駆け下りようとして足を滑らせた、というのが一番あり得そうな流れだった。

だが黒幕であるリアムが闇堕《やみお》ちしていない以上、この部分の内容が大きく変わる可能性は高いと見ている。でないと辻褄《つじつま》が合わないからだ。

（となると、今回は事前に犯人を暴いて事件を未然に防ぐことができないかもしれない……）

犯人の名前が分かっていたら、その相手を調べて別の罪を探り、牢屋《ろうや》にぶち込むことだってできたかもしれないのに。残念な話だ。

ただ幸いなのは、グレイスがソフィア付きの女官としてしばらく働きつつ、皇族の伴侶に相応しい淑女となるべく指南を受けることになっている点だった。そばにいられるのであれば、事件が起きた際に対処することもできるだろう。

（どちらかというと不安なのは、黒いもやの調査なのよね……）

なんせ、小説では言及されていなかったものだ。つまりグレイスにとってこれは、現状における一番の不確定要素ということになる。またグレイス本人は神術にも魔術にもまったく詳しくないため、正直役に立たないという他なかった。

セオドアが心強い助っ人《すけと》を用意してくれるそうなので、それに期待するしか現状できることはないのだ。

（……いや、私にも一人、優秀な助っ人がいるわ）

そう、アリアである。

まだ学生という立場だが、彼女は魔術と神術を融合させた第三の術式である薬術を将来作るような、頭がよくセンスがある少女だ。学生なのでこの件にがっつり関わってもらうわけにはいかないが、意見を聞いてみることくらいはいいかもしれない。

そう思ったグレイスは早速、アリアに手紙を書くことにした。

彼女とは定期的にやりとりをしているため、リアムに疑われることがないのもありがたい。

まず元気にしているか、上手《うま》くやれているのかを聞き、それから手短に聞きたいこと、また学園生活を優先して欲しい旨を書いて、春らしい薄紅色の封筒に入れた。蠟《ろう》を垂らして封蠟印を押し、グレイスはふう、と息をはく。

（そうだわ、両親にも手紙を書かなきゃ）

婚約式の段階で既に裏で大号泣していた両親のことだ、グレイスのことを心配してくれているだろう。こういうのは後回しにすると延々と伸びると言うし、折角の機会なので一緒にやってしまいたい。

そう思ったグレイスは、さらさらと近状を書き綴《つづ》った。

そして、鈴を使ってエブリンを呼ぶ。

彼女はものの数分で現れた。

『失礼いたします、グレイス様。エブリンです』

「入って」

入ってきたエブリンに、グレイスは封筒を渡す。

「これをアリアさんに。そしてこっちをターナー家のカントリーハウスにお願い」

「承りました」

「それと」

溜息《ためいき》をこぼしながら、グレイスは言った。

「お茶会の準備、手伝ってちょうだい」

「もちろんです。必ず、グレイス様を茶会で一番輝かせてみせます！」

キラキラした瞳でそう言うエブリンに、グレイスは笑みを浮かべたのだった。


茶会。

それは、リアムの婚約者となったことで参加しなくてはならなくなった行事の一つだ。

皇族の関係者というのは、頻繁に茶会や夜会に呼ばれるようになるらしい。彼らが参加するだけで、会の格が上がるからだ。

何より社交界は、情報の宝庫である。これからのことを考えても、もし何かあったときに得られる知識や情報は多いほうがいい。リアムができる限り社交の場に参加しているのはこのためだろう。

そして今日の茶会は、グレイスがリアムの婚約者になってから初めて参加する茶会というわけだ。

グレイスが対処に追われていた招待状も、こういった理由から送られてきたものだった。

本日お邪魔するのは、伯爵家の茶会だ。ソフィアの計らいもあり、最初は彼女の実家の茶会に参加してみては？　と言われたのだが、グレイスがそれを断った。

というのも、ソフィアから『皇族の伴侶』となったときに起きるであろうと忠告されたことを身をもって体感したいと思ったからだ。

そのためグレイスは、いつも以上に気合を入れて茶会の席に臨んだのだった。

会場に着いた瞬間、既に集まっていた令嬢や夫人たちの視線が一身に注がれるのを感じた。

それでもグレイスが笑みを絶やさないでいられるのは、今日着てきたドレスがリアムの瞳と同じ紫水晶《アメシスト》のものだからだろう。

皇族とその関係者だけが身につけることを許されている紫色。

このドレスを初めて試着したときに呟いたリアムの言葉が、脳裏によぎる。

『グレイスがわたし色に染まっているようで、とてもいい気分ですね』

そのときのことは、今思い出しても羞恥心で震える。

（ほんっと、こういうときは天然たらし発言をするんだから困るのよね……！）

しかもそのときの顔が本当に嬉しそうで、本気で言っているのだから、余計たちが悪いのだ。

思わず顔が赤くなりそうになり、グレイスはふう、とばれないように息をはいた。だがリアムの言葉を思い出したおかげで、周りの視線を気にせずに済みそうだ。

「――お招きいただきありがとうございます、夫人」

それもありグレイスは満面の笑みで、主催者である伯爵夫人に挨拶することができたのだった。

彼女が形式的な挨拶を終えると、令嬢や夫人たちが次々とグレイスの下にやってきた。

「ごきげんよう、ターナー嬢」

「わたくしたちとともにお話しいたしませんか？」

「いえ、わたくしと……」

大抵はこういった、グレイスとお近づきになりたいという思惑が見えるものだったが、別のところから声が聞こえてくる。

「公爵様の婚約者とはいえ、子爵令嬢じゃない」

「それなのに偉そうに……」

「自分が社交界の中心人物だとでも思っているのかしら。勘違いも甚《はなは》だしいわ」

こちらに聞こえるか聞こえないかという、なんとも意地の悪いラインで陰口を叩《たた》いてきた令嬢たちを見て、グレイスは内心笑った。

（なるほど。これが、ソフィア様から忠告された噂の派閥ね）

皇族の伴侶となる人間に対するブランシェット帝国貴族たちの主な反応は、大きく分けて二つあるらしい。

一つは「皇族の方が選んだのだから爵位が低くても問題ない」とする『皇族妄信派』。

そしてもう一つが、「神の血を引く皇族の伴侶なのだから、血統も含めて完璧であるべき」とする『皇族過剰神格派』。

『どちらが正しいとは断定できないけれど、わたくしたちに危害を加えてこようとする方が圧倒的に多いのは後者なの。だからそういうときはどうか、気をつけて』

ソフィアが心配そうに言っていた言葉を思い出す。恐らくそれで苦い経験もたくさんしてきたのだろう。友人だと思っていた人物たちが豹変《ひょうへん》するといったこともあったかもしれない。

そんなソフィアとグレイスの間にある決定的な違いは、一つ。

ソフィアには友人がいたであろうが、グレイスには一人もいない点である。

（まさか、ぼっちがここで有利になるとは思っていなかったわ）

これは喜んでいいのだろうか、それとも悲しんだほうがいいのだろうか。

まあグレイスとしては、近づいてきた人間をきちんと選別できるのでありがたい。それに、利用するときも良心が痛まないところもいい。

またソフィアと違い、グレイスを見る目には別の意味があることにも気づいている。

それは、「本当にこの令嬢が理由で、クレスウェル公爵はあそこまで変わられたのか」という好奇の眼差《まなざ》しだ。

それには好意的なものもあるが、大半は悪意に満ちたものだ。それもそのはず、この件で痛手を負った者の多くは、貴族なのだから。

（まあ、それは同時に真の意味で皇族に仕えている人間が炙《あぶ》り出されたってことなんだけど）

それは、彼らにとってこの上ないほどの高揚感をもたらす証明になったことだろう。

つまり、リアムに裁かれずこの場においてグレイスを好意的な目で見ている人間のことは、さほど警戒しなくていいのだ。彼らがグレイスに危害を加える理由はほぼないのだから。

だからグレイスが気にするのは、それ以外の視線や人物だ。

そしてグレイスは今回、自己防衛も兼ねてとあることを仕掛ける気でいた。ゆえに彼女は、陰口を叩いていた集団にずかずかと近づいていく。

「ごきげんよう、皆様」

「……え」

「先ほどの言葉が耳に入ってしまいまして。どういう意味なのか伺いたくて来たのです」

陰口を叩いていた集団は、まさかグレイス自身がやってくるとは思わなかったらしく、ひどく驚いた顔をしている。

しかしグレイスとしてはこれが目的だったのだ。これくらいでひるんでもらっては困る。

そんな祈りが通じたのか、ざわめく中で一人の令嬢が声を上げた。

「――それ相応の所作すら身につけておられない方が、思い上がるなと申しておりますの」

深い海底を思い起こさせるようなまっすぐ伸びた青い髪に、瑠璃色の涼やかな目をした令嬢だ。

（確か名前は……パトリシア・ケプロン伯爵令嬢。古くから皇族に忠誠を誓う由緒ある家柄の長

女)

容姿から相手の名前と身分、年齢を割り出したグレイスは、それ以外の個人情報も頭に思い浮かべる。

(魔力が少なかったため、魔術学園には通っていない。趣味は読書、性格は堅物で真面目な優等生気質、だけれど言い方がきついため、他の令嬢たちからも遠巻きにされがち。いわゆるところの一《いっ》匹狼《ぴきおおかみ》タイプね。確か、新興貴族だけれど事業を成功させたことで羽振りがいいギブズ子爵と、昨年の夏に婚約したばかり。それも私たちと同じく、宣誓する形での婚約だった。それくらい、この婚約を双方の家が望んでいるということ。……そしてそのことからも分かるように、経済的に上手くいっていない。つまり彼女の婚約は、金銭援助を求めるケプロン伯爵と家格のある血筋の結婚相手を求めたギブズ子爵の利害が一致したことで行なわれたものである……だったかしら)

そして肝心のギブズ子爵というと、想《おも》い人《びと》がいるらしく結婚に乗り気ではないが、三十歳にもなって独り身はまずいということで今回の婚約に踏み切ったそうだ。

もちろん、情報提供者はリアムである。ありがたい。

さすがと言うべきか、パトリシアはグレイスの不出来さを非難こそしたが、リアムがグレイスを選んだことに対しての指摘はしなかった。もしそれをすれば不敬罪どころの騒ぎではないからだ。

それらを瞬時に頭の中で整理した上で、グレイスは会話に乗り出した。

「ご忠告いただき、ありがとうございます。確かに私は、至らないところのある若輩者です」

「分かっているのであれば結構ですわ。でしたら、早々に別れるべき……」

「ですがその上で、私はあのお方のおそばにいることを誓いました」

「……は？」

「ですから、夫婦神の前で誓ったのです。それは、ここにいらっしゃる皆様が理解されたと思っていたのですが……」

違いましたか？　そう言外で匂わせれば、数人の貴族たちが目を逸《そ》らした。どうやら失念していた者がいたようだ。

（そう。夫婦神の前で婚約を誓った以上、私の覚悟は本物。そしてそれを否定するということは、自分たちが信仰する神々を軽視するのと同義なのよ）

だからその路線でグレイスを非難することそのものが、国家そのものを非難することに繋がる。

パトリシアがぎりっと歯を食いしばるのを見てから、グレイスは閉じた扇子を口元に当てて微笑んだ。

「その上で、ケプロン嬢にお願いがあるのです」

「この期に及んで何を……っ」

「私に至らぬところがございましたら、どうかご指摘いただけませんか？」

「ご指摘いただけないか、ですって……？」

「はい」

パトリシアの表情が凍り付く一方で、グレイスの笑みはより一層深まる。

グレイスはさらに続けた。

「私はこれから皇后陛下の女官として礼儀作法を学んでいきますが、それは一朝一夕で身につくものではございません。ですがこの場において私にご忠告くださったケプロン嬢は忠義に厚い、大変お優しい方とお見受けいたします」

「それは……もちろんでしてよ」

そう。これを否定するのは悪手。つまりパトリシアが肯定するのは当然なのだ。

「そのような方でしたら、私のことを正しく導いてくださるはず。……皆様も、そう思われますよね？」

グレイスが周囲に向かってそう問いかければ、彼らは顔を見合わせる。そして作り笑いを浮かべながら頷いた。

「ちょ、ちょっとお待ちなさい、わたくしはまだ了承などして……！」

「撤回をされるおつもりなのですか？」

「それ、はっ」

この場で撤回をすることがどういうことなのか、パトリシアは分かっている。だから頷くことはできない。

（そう。この流れに持ってこられた時点で、私の勝ちは決まっているもの）

グレイスがやりたかったのは、社交界という場で『グレイス・ターナー』という令嬢が周囲に対してどのような態度を取る人間なのか、を知らしめることだ。

そしてグレイスは自身の至らなさを理解した上で皇后から真摯に習うことを宣言し、しかもそれでも間違っていた場合はパトリシアに指摘して欲しいという謙虚な姿勢を見せた。それだけで、周囲は彼女を『聖人公爵』と呼ばれるリアムに相応しい、誠実な態度を取る少女だと認識しただろう。

そんな同世代の令嬢に対して不誠実な態度を取った瞬間、パトリシアは社交界での立場を失ってしまう。だから彼女が取れる行動は、嫌いなグレイスからの提案を受け入れること。それしかないのだ。

そしてそれは、世話係——言わばグレイスの下っ端ポジションにつくことを意味する。伯爵令嬢である彼女にとって最大級の屈辱であろう。

「……分かり、ましたわ。その申し入れ、受け入れましょう」

それでも、パトリシアはそう声を絞り出した。

しかしその視線が今にもグレイスを刺し殺しそうなほど憎しみに満ちていたことは、言うまでもない。

そんなパトリシアをよそに、グレイスは開いた扇子を口元に当てて微笑んだのだった。

＊

夕方。茶会から上機嫌で帰宅したグレイスを、リアムは満面の笑みを浮かべて迎えてくれた。

エントランスホールから居間までエスコートされてソファに座ったとき、向かい側に座ったリアムが口を開く。

「グレイス。何やら茶会で面白いことをしたそうですね」

（もう耳に入っている……）

さすがに早すぎやしないだろうか。神獣か？　あの場に神獣？　と思ったがしかしそれを今更指摘する気はないし、否定する気もない。なのでグレイスは、エブリンから受け取った果実水で喉を潤してから口を開いた。

「面白いなんて、とんでもありません。ただ私は、このような態度を見せたほうが事が円滑に進むと思っただけです」

というのも、何事も最初が肝心だからだ。

ここでグレイスが弱気な態度を見せれば、周囲は必ずつけあがるだろう。そうなればリアムはグレイスを守ろうとし、最悪の場合キレて殺してしまう可能性が出てくる。それだけは避けなくてはならない。だから彼女の中でこの選択肢だけはなかったのだ。

（そうなると、相手と敵対するか謙虚な態度で教えを乞うかの二択になる）

そして皆が想像する『リアム・クレスウェルの婚約者』として相応しい人物像が後者だった、ただそれだけのことだ。

「……なので、社交界における私の立場をリアム様が気にされる必要はありません」

一通りの説明を終えてから、グレイスはそう締めくくった。

（いやー本当に最高だわ！　特にあのケプロン嬢の顔！）

大変恐ろしかった。まあリアムの凍えるような視線を浴びたことがあるグレイスからしてみたら、あんなもの可愛《かわい》らしいものだが。

それもあり上機嫌でいると、リアムが意味ありげに笑う。

「確かに今日のグレイスはとても上手く立ち回ったと思います」

「そうでしょう？　もっと褒めてくださってもいいのですよ！」

「ふふ、でしたらめいっぱい甘やかさねばなりませんね」

いつの間にか、向かい側に座っていたはずのリアムがとなりにいた。

驚く間もなく顔が近づいてきて、唇が重なる。グレイスは震えた。しかしその柔らかい感触に、何故か安心してしまう自分がいる。

（温かい……それに、リアム様はちゃんと私のそばにいる）

例の黒いもやのことを思い出し、自分が思っていたよりも不安になっていたことに気づいた。だからか、リアムにねだるように口づけを求めてしまう。

それに気づいたリアムが、すうっと目を細めた。そして片手で髪を梳《す》き、もう片手で耳たぶを撫《な》でる。びくりとグレイスが肩を跳ね上げさせたが、リアムは構わずそのまま続けた。

たまらなくなったグレイスが彼の胸元を叩いたことでようやく解放される。

「……リアム様、さすがに突然すぎます」

「そうでしたか？　グレイスも求めてくれていたと思うのですが」

唇を親指で撫でられ、グレイスは真っ赤になった。

（確かに求めてしまったけれど、それを指摘されるのは恥ずかしい……！）

というより、それもこれもリアムが悪いのだ。こんなふうにグレイスを心配ばかりさせるから。そんな身勝手な考えが浮かび、より恥ずかしくなる。

「あまり意地悪をしないでください……」

か細い声で抗議の言葉を述べれば、リアムがきょとんと目を丸くした。

「そうでしょうか、意地悪なことを言っているのはグレイスのほうかと思いますが」

「え、私がいつ意地悪なことを言いましたか!?」

「言ったではありませんか。わたしの力は必要ない、と」

「……そ、それは、ただでさえお忙しいリアム様の手を煩わせたくなかったからで……！」

別に必要ないという意味で言った言葉ではなかった。むしろこんなにも色々しているのは全部リアムのためなのに、必要ないなんて言うはずもない。

そのため全力で否定すれば、リアムが肩を震わせ笑った。

「もちろん、知っていますよ。ですがわたしは、グレイスに頼られたいので」

「う……」

「それに……できれば、貴女《あなた》を煩わせるすべてを取り除いてあげたいのです」

その言葉と共に、わずかながら仄暗《ほのぐら》いものが見えたグレイスは、慌てて声を上げた。

「も、もちろん、何かあればすぐに頼ります！　だって、一番頼りになるのはリアム様ですから！」

すると、リアムがじいっとグレイスを見つめる。

「……本当ですか？」

「ほ、本当です」

本当に本当だ。もちろん本心である。というより、そのことでリアムに対して嘘《うそ》をつくなんて愚かな真似《まね》をグレイスがするはずもない。

頷きながらも、グレイスは内心叫んだ。

（だ、だから、闇堕ちの片鱗《へんりん》を見せるのはやめてー！）

特に、今は謎の黒いもやの件があるのでよりドキドキするのだ。それも、悪い意味での動悸《どうき》がする。そのため、リアムにはできる限り心穏やかな日々を送ってほしいのだ。

そんな思いが通じたのか、リアムがにこりと微笑む。

「……分かりました。グレイスがそこまで仰るのであれば、わたしはできる限り手出ししないようにしましょう」

（よ、よかったー！）

それと同時に仄暗い何かが消えたのを確認し、グレイスはこっそり息をはき出した。

その一方でリアムは、何が楽しいのかグレイスの髪を弄《もてあそ》びながら告げる。

「ですがグレイス。ケプロン嬢の件はきっと、一筋縄ではいかないと思いますよ」

「え？」

「人の心とは、本当に複雑なものですからね」

意味ありげな笑みと共にそう言われたグレイスはわけが分からず、ただリアムを見ることしかできなかった。

三章

それから様々な茶会や女性たちが集まる会に出席し続け、早一週間。

グレイスはリアムの言葉を嫌というほど噛《か》み締めることになった。

（いやほんと……まさかケプロン嬢が私の言葉を逆手にとって、何から何まで指摘してくることになろうとはね……）

もう本当に、姑《しゅうとめ》か？　と言わんばかりに細かい。正直、粗探しに近い。そう思うのだがそれでも、パトリシアはグレイスが間違えたときにだけ指摘をしてきた。

そうなれば、周りもそれに関してケチをつけることはできない。

パトリシアがグレイスに対していちゃもんをつけてきたら周りが窘《たしな》めてくれるだろう、と思ったがゆえにあの場で大立ち回りをしたのだが、まさかそれすら潜《くぐ》り抜けるとは。

何より苛立《いらだ》つのは、彼女の言い方がいつも厭味《いやみ》ったらしい点である。

『ターナー嬢。はしたないですわ』

『あら、そんなこともできませんの？』

『皇后陛下直々に教わっていらっしゃるのに……物覚えが本当にお悪いのですね。お可哀想《かわいそう》に』

指摘するだけではいざ知らず、こちらを憐《あわ》れむことまでしてくるその様は、厭味ったらしいどころの話ではない。

（ああああああ！　色々な意味で腹が立つううう！）

しかし、それでへこたれるグレイスではない。むしろ怪我《けが》の功名とでも言うべきか、パトリシアのおかげで闘志に火がつき、めきめきと腕を上げていた。

もちろん、それが彼女のおかげだなんて決して言うつもりはないが！

「あら、グレイスさん。たった一週間で本当にとても上達されたのね。貴女《あなた》のような方を教えることができて、わたくしも鼻が高いわ」

ただソフィアからお墨付きをもらえたことに関しては、お礼を言ってもいいかもしれない。

（もちろん、口が裂けても言わないけれど！）

それに、嫌なことばかりでもない。

グレイスはこれから、『黒いもや』に関しての協力者の下へ向かうことになっているからだ。

（停滞ばかりでもどかしい思いでいっぱいだったけれど、これでようやく一歩前進できるはず！）

そして嬉《うれ》しいのは、その協力者が指定した集合場所が魔術学園だったこと。そして――グレイスの案内役として使いに出されたのが、アリアだったという点だ。

無事に魔術学園の門を潜り抜けたグレイスは、馬車の窓から見知った顔を認めてぱあっと表情を輝かせた。

「アリアさん！」

窓を開いて手を振れば、アリアは困ったような、しかしどこか仕方ないなと言いたげな顔をして笑う。

「お久しぶりです、グレイスさん。婚約式以来ですね」

アリア・アボット。

『亡国の聖花《せいか》』におけるヒロインであり、現在リアムが後見人を務めている天才少女だ。

何故《なぜ》今回、彼女が案内役になっているのかというと、グレイスが希望したからだ。

（だって、学園生活を送っているアリアさんのことをきちんと見たかったし、何より面と向かって話をするのは久々だから……）

婚約式の際はなんだかんだとやることも多く、アリアとゆっくり話をすることができないまま学園に戻ってしまった。だからどこかのタイミングで話ができたらと思っていたのだ。

また、アリアには『黒いもや』についての話をしてある。だから今回の件に関わらせても秘密が漏れる心配はないと考えたのだ。それを話せば、セオドアが協力者にかけ合って許可を取ってくれた。そして今に至るというわけだ。

馬車から下りたグレイスは、アリアをじいっと見つめ首を傾《かし》げる。

「アリアさん……もしかしてまた少し身長が伸びた？」

「分かりますか？　どうやら成長期みたいで……」

（もちろん分かるわ。だって服の袖も裾も丈が足りなくなっているし……）

魔術学園の服装は、割と自由だ。制服としてローブが支給されるが、下に着るものは私服である。そのため、アリアもシャツにワンピースを基本とした洋服をいくつも仕立てて持っていっていた。

だが、それがすっかり短くなっている。

（アリアさんは確かに年齢の割に小柄だったけれど、まさかここまで身長が伸びるとは……）

何より、食べているものが違うからだろうか。髪も肌もつやつやで、輝いている。隈《くま》もなく表情に疲れもないようなのでしっかり寝ているようだった。そのことにうんうんと頷《うなず》きつつ、グレイスは微笑《ほほえ》んだ。

「今度の休日に、クレスウェル家御用達《ごようたし》の仕立て屋をアリアさんの寮に送るわ。洋服もきっちり新しくしましょう」

「い、いえ……まだ着られますし……」

「いーえ。合わない服を着続けるなんてだめよ。アリアさんは、クレスウェル家が後見人を務めている優秀な子なんですからね」

「……分かりました」

気恥ずかしそうに、でも嬉しそうにはにかむアリアを見て、グレイスは心の底からよかったと感じた。

（本当に良かった。前よりずっと優しい顔をするようになった……）

出会った当初はまるで手負いの獣のように刺々《とげとげ》しい空気を身にまとっていたアリアだったが、今は柔らかく温かな空気を醸し出すようになっていた。

魔術学園は基本的に、春夏冬にある長期休暇か相当な理由がない限り外出ができない環境なので、アリアがこうして伸び伸びと成長している姿を見るとほっとする。そして、あのとき自分がした行動は間違っていなかったと実感できるのは、とてもありがたかった。

(何より……ますます可愛《かわい》らしくなって……！)

校舎の前で話をしていると、周囲の視線がアリアに集まっているのを感じる。その中には嫉妬や蔑みといった負の感情を感じられるものもあったが、男子学生は大抵、アリアの美貌に見惚《みと》れているのが分かった。

何より、アリアはトップの成績で入学してからそれを維持し、周囲からの期待を一身に浴びる少女だ。グレイスとしても鼻が高かった。

(……だからこそ、服装は大切……)

グレイスが仕立て屋を送ると言ったのも、その視線の中から邪《よこしま》なものを感じ取ったからだ。

(まったく、アリアさんの服の丈が少し短いからってそんなにガン見して……破廉恥《はれんち》だわ破廉恥！)

これだから思春期の男どもは。そう思ったグレイスは、笑顔で周囲に視線を送り、さりげなく威嚇しておく。

「……さ、行きましょうか。案内よろしくね、アリアさん」

——ヴァージル魔術学園。

ここは、ブランシェット帝国最大の全寮制の学び舎《まなや》だ。魔術に関する才能がある者であれば平民であろうとすべて受け入れ、未来の魔術師たちを育成する場所。

同時に、魔力が高くないグレイスにとって、まったく縁のない場所でもあった。

正直、この学園に対する憧れがないとは言わない。なんと言っても魔術学園。そんな場所で魔術を学べれば、きっと楽しいだろうという気持ちはどこかにあった。

なので、こうして足を運べただけでも本望だ。

そう思いながら、グレイスはアリアに質問をする。

「手紙にも書いたけれど、学園生活はどう？」

「とても楽しいです。何より、自分が知りたいこと、知らないことも含めて、ここには揃《そろ》っていますから。先生方も、質問をすればきちんと答えてくれますし」

「そう、よかった。……困っていることはない？　たとえば、いじめられたりとか……」

アリアは平民だ。にもかかわらず、クレスウェル公爵であるリアムが後見人である。そのため、ずっとやっかみがないか心配だったのだ。

それもあり何かと暇を見つけては手紙を送って近状を聞いていたのだが、アリアは大丈夫だと答えるばかりだった。だから実際どのように過ごしているのかは、ずっと気になっていたのだ。

そして今日は対面ということで、はっきりと聞いてみる。すると。

「大丈夫です、わたしが舐《な》められるとクレスウェル家の沽券《こけん》にもかかわってきますので、適度に無視をしつつ、度が過ぎたときはきちんとやり返しています」

ものすごくいい笑顔でそう言われた。美少女の笑みに通りすがりの数名がやられているが、言っていることは物騒なのだがそれでいいのか？　と思ってしまう。

（でも、きちんと自衛できているなら問題ないかしら）

そう。グレイスもそうだが、いじめられたなら、委縮して何もしないでいるよりきちんと反論してやり返すのが一番なのだ。

何より嬉しいのは、アリアが自分のことをクレスウェル家の一員だと認めてくれたところだろう。

「さすがアリアさん！　今後もビシバシやっていってね！」

「はい、グレイスさん」

「まあいじめはともかく、それ以外で困ったことはない？」

アリアのメンタルケアもグレイスの仕事の一つなので、念のために聞いてみる。すると、アリアはとても微妙な顔をした。

「……その」

「ええ」

「どうすればいいのか分からなかったので、手紙には書かなかったのですが……最近、図書館にいると皇太子殿下によくお会いするのです」

（へえ、皇太子、皇太子殿下か～……え、皇太子殿下!?　いや、どうして!?）

なんとか声を上げずに済んだが、色々な意味で驚いてしまう。

というのも、小説内でカップルとされるこの二人が、同時期に学園にいることはなかったからだ。

（あ、でもアリアさんは小説内よりも一年早く学園に入学したものね。なら当然だわ……）

小説内だと、皇太子はアリアが入学するのと同時に卒業することになっている。そして彼は宮廷に入ってからも、アリアとすれ違っているのだ。運命の相手とすれ違い続けていたため、ファンからは『ニアミスの男』という大変不名誉なあだ名をつけられていた。

しかし今回、なんと図書館で邂逅《かいこう》しているのだという。つまり、ニアミスではない。

（ニ、ニアミスの男が、ニアミスを卒業できている……！）

つまりこれは、ラブロマンスの話題!?

そう思ったグレイスが次の言葉を待ってアリアを期待を込めた眼差《まなざ》しで見つめていると、彼女は声を抑えつつ困った顔をした。

「よく、リアム様のことを聞かれるのです。それも、挨拶のように最初に聞かれるので、困ってしまって……リアム様とも手紙のやりとりはしていますが、それはどちらかというと報告書のようなものなので、雑談をするようなものではないのです。だから、話せる内容ではありませんし」

「……えーっと」

「それに、何かと勉強を見てくださるのですが、正直一人で調べたいことがあるときはあまり嬉しくなくって」

「……それは……」

「私に気を遣ってか、周りに人がいないときに来てくださることもあり、断りづらくて。……こういうときって、どのようにしたらいいのでしょうか」

グレイスは思わず、口元に手を当てて遠い目をしてしまった。

（ニアミスの男……ダル絡みの男になってる……）

しかもグレイスの予想だと、リアムのことを聞きに来ているのはあくまで建前だと思うのだ。

しかし、話題作りのためにリアムのことを初手で持ち出しているせいで、余計アリアを困らせているのが大変惜しい。

（アリアさんに絶妙に迷惑をかけている……これが恋の空回り）

そう思ったグレイスは、少し考えてからにこりと微笑んだ。

「分かったわ、殿下のことは私に任せて。一度、皇后陛下と話をしてみるわ」

「本当ですか？　ありがとうございます」

アリアが安心した様子なのが、また悲しい。全然アプローチできていないのだが。

（ちょっとこれは、色々な意味で予想外の展開ね……もしかしてこの二人の恋模様にも私が介入しなければならない……？）

そう思ったが、今はリアムの件があるし、アリアもまだ十代前半。初恋はもう済んでいてもおかしくはないが、運命の恋なんていうのをする時期ではない。よって、様子見をすることにする。

（ああ、でもこの二人がくっつかないことになったら……それは私の責任問題になるのでは？）

別の意味で胃が痛くなってきた。だが器用に並行して物事を考えられるような頭はしていないため、とりあえず今だけは頭の隅に寄せておくことにする。

すると、アリアが思い出したように言う。

「その、今日学園にいらしたのは、リアム様の件だと伺いました」

「そうなの。手紙で聞いた件なのだけれど」

大っぴらに話すことではないため、お互い声をひそめた上で、直接的な言葉は述べずに話をする。

「はい。それなのですが……わたしが以前、リアム様と教会で二人、話し合ったときのことを覚えていますか？」

「ええ、そんなこともあったわね」

「わたしもその際に、そのようなモノを見ました」

「……え？」

寝耳に水の話にグレイスが驚いていると、アリアは申し訳なさそうな顔をして言う。

「い、今更言ってしまい、すみません……その、見間違いかと思ったんです。本当に一瞬でしたし……」

「い、いいのよ」

（それに、私やシャル様、ソフィア様だけでなくアリアさんも見たというなら……やっぱり、あれはリアム様の中に確かに存在しているんだわ）

そしてそれを探るのが、今回グレイスがここに来た理由だ。

そんなふうに歩きながら話をしていたら、いつの間にか目的地に着いていた。

孤塔を見上げながら、グレイスは乾いた笑みを浮かべる。

（この孤塔って確か小説内で、数年前に壊れた書庫の代わりに書物置き場として一時的に利用していた場所じゃなかったかしら……）

孤島のらせん階段をのぼりながら、グレイスはそんなことを思い出していた。

そしてグレイスの記憶が正しければ、ここはとある人物の研究所でもある。

それは——クイン・ラスウェル。

ヴァージル魔術学園の理事長。

その予想に違《たが》わず。孤塔をのぼった先にいたのは、美しい金色の髪と、燃えるような真っ赤な瞳をした美女だった。

「やあ、お嬢ちゃん！　こんな辺鄙《へんぴ》な場所へようこそ！」

「……初めまして」

「そしてアリアも、ここまでご苦労様」

「いえ、師匠。ではまたお帰りの際に迎えに来ますね、グレイスさん」

「ええ。それじゃあね、アリアさん」

そう見送りつつも、グレイスは内心そのやりとりに驚いていた。

(師匠呼びをしているってことは、アリアさんはもう理事長のお眼鏡に叶《かな》ったたってことよね？　入学して半年でなんて、さすがと言うべきかなんと言うべきか……)

そしてクインはそれくらい、名実ともに素晴らしい人でもある。

なんせ、ブランシェット帝国一の魔術師であり、リアムとセオドアの師匠であり――小説内ではアリアの師匠となり彼女を導いた、年齢不詳の美魔女なのだ。


『亡国の聖花』における『クイン・ラスウェル』の役割は、アリアの師匠だった。

年齢不詳という言葉通り見た目を二十代後半で止めているため、若々しい。しかし口調はどことなく古臭く、そのギャップが良いと読者の中では人気が高かった。

その上で彼女は、とにかく作中でアリアのことを振り回し続けたのだ。

破天荒で気分屋なためか無茶な要求は当たり前で、しかし魔術のこととなると見境なく飛びつく様はまるで子ども。そんな師匠に振り回される真面目なアリアの構図は、読者を大変楽しませてくれた。

そんなクインをセオドアが推薦したのは、リアムの師匠でもあるからだろう。

確かに秘密を漏らすような相手ではない上に、ブランシェット帝国における貴重な頭脳の持ち主の一人だ。グレイスが一人でうんうん悩むよりも数倍速く、別の可能性を導き出してくれるだろう。

こんなにも頼もしい助《すけ》っ人《と》は他にいないという点に関しては、セオドアに感謝を伝えなくてはならない。ならないのだが。

——会いたかったかどうかと言われれば、答えは否《いな》である。

(誰だって、人が振り回される様を見ているのは楽しいけれど、自分が振り回されたくはないでしょ……!)

当たり前だが、まあそういうことだ。

しかしグレイスはそれとは別の意味で、クインに対して警戒していた。

それは——

「ふうん？　嬢ちゃんが噂《うわさ》の……魔術が効かない特異体質になっちまったって子かい」

……彼女が、非常に研究熱心な点である。

ある意味当たり前ではあるのだが、魔術師として優秀な人間はその分、探求心に富んでいる。そんなクインがグレイスの特異体質を知ればどうなるのか。答えは聞くまでもないだろう。

「……試しに一発、魔術を撃ってみていいかい？」

「ひっ」

「大丈夫大丈夫、そんなに強くないものにするから」

そう、実験対象になるのである。

(嫌に決まっているでしょう!?)

肝心の護衛役であるシャルはそんなやりとりに呆《あき》れた目を向けてぐるりと孤塔の部屋を見回りに行ってしまった。どうやら、クインに悪意なしと判断したらしい。それどころか、クインに「この書庫、なんなの？」なんて聞いている。

「ここはね、傷んで取扱注意になった魔術書が置かれた場所さ。実を言うと一度雨漏りのせいで、古い資料がぐちゃぐちゃになってねえ……魔術書がそんなことになったらたまらないから、新しい書庫を造るまでここに置いてんのさ」

『傷んでるなら直せばいいじゃない』

「そううまくいかないのさ。この魔術書には大なり小なり魔術的加工が施されている。それも含めて修繕できるような人間は、ほとんどいないんだ。かく言うアタシも、調整が必要な繊細な魔術はそんなに得意じゃないしね」

『なら別の紙に書き写すのは？』

「それはあんまりやりたくないんだよ。書き写しは間違えるやつも多いし、そもそも読めない文字も多い。歴代の魔術師たちが遺してくれた財産だからね、書き写しはあまり利口な方法じゃない」

『ふーん。人間も大変なのね。でも本から魔力を感じる謎が分かったわ』

「さすが神獣様だね、それが感じ取れるなんて。なんでもお見通しってわけかい」

『ふふん。当たり前でしょ』

（いや、得意げに世間話してるのは可愛いんですが、悪意がないからっていいというわけではないと思いますけれどね、シャル様!?）

そこでグレイスは、自分がいる孤塔がどこなのか理解した。

（ここ、『亡国の聖花』で雷に打たれて倒壊することになる孤塔だわ……）

小説内では、アリアが魔術学園に通い始めてから三年目に起きることになっている。

魔術書が多く置かれていたこともあり雷によって火事になったため、割と有名な事故として新聞に載っていた。また大切な国の宝が燃えたこともあり、アリアもその損失を憂いていたはずだ。

グレイス自身も、この膨大な量の魔術書が燃えてなくなってしまうのは惜しいと思う。

クインも言っている通り、魔術書はとても貴重なものなのだ。アリアが魔術と神術を合わせた治療術『薬術』を作ることができたのも、古代魔術が書かれた魔術書のおかげだったはず。

（けれど今ならば間に合うはずだし……なんとかしたいわね）

問題は、その方法だ。クインは書庫と言っていたが、その書庫の規模が大きすぎたせいで建築に時間がかかり魔術書を移すのが遅れたというのが、理由だったはず。

（なら資金援助？　いや、理事長はこの国一番の魔術師だし、色々と手広くやっていることもあって資産は十二分にあったはず。その辺りを好き勝手するのは別に、理事長には造作もないはず）

そう思わず色々と考えてしまったが、別に今考えなくてもよいことだった。そのためふう、と息をはいてそれらを頭の隅に置いて周囲に目を向ければ、クインと目が合った。

（ひっ）

まるで獲物を見定める狩人《かりゅうど》のようで見るからに本気だ、この人はまだグレイスに対して実験することを諦めていないという確証がある。

そのため、首を横にぶんぶん振って全力で拒否し続けていると、その横にいた人物が溜息《ためいき》をこぼした。

「これ、クイン。いたいけなお嬢さんをなんていう目で見ているのです」

コンラッド・エリソン。

グレイスも大変お世話になっている、教会の大司教だ。

そんなコンラッドに、クインは肩をすくめる。

「なんだい、アタシがこういう性格だっていうことは、あんたも知ってるだろう？」

「わたしは重々承知していますが、ターナー嬢は違いまする。それにたとえ実験のためとはいえ、相手を故意に傷つけるなどわたしの目が黒いうちは許しませんよ」

「……はいはい。悪かったね、ターナー嬢」

「い、いえ……」

しかし彼にしてはだいぶ砕けた口調をしていることに、グレイスはクインに対して怯《おび》えつつも首を傾げる。

「大司教様と理事長様は、旧知の間柄なのでしょうか？」

そう問いかければ、コンラッドは呆れながらも頷いた。

「こう見えて、クインは同年代ですからね。それはもう長いですとも」

「おおっと、アタシの前で年齢の話はしないでくれるかい？」

「分かっていますよ」

その軽妙なやりとりに、グレイスはなんだか感心してしまった。

しかしすぐにハッと我に返る。

（いやいやいや。ここに来た目的を忘れちゃだめよ、グレイス！）

それに、二人はとても偉い人だ。つまりグレイス同様、否、それ以上に忙しい可能性がある。時間は有限なのだ、きちんと有効活用しなくては。

そう思ったグレイスは、未《いま》だに続いている二人のやりとりに割り込む形で、軌道修正することにした。

「あ、あの！　そろそろ、本題に入らせていただけたらと思うのですが！」

それを聞いた二人は、揃ってグレイスを見、それから顔を見合わせる。

「……そうだったね。つい言い合いをしちまったよ」

「本当ですね。貴女の顔を見るとつい、色々言いたくなってしまうんですよ」

「それはお互い様だろう？」

さらに言い争いが続きそうだったが、幸いなことにそこで二人の舌戦は終わってくれたようだ。

そのことに胸を撫《な》で下ろしつつ、グレイスは自身の胸に手を当てた。

「それでは。ご挨拶が遅くなりましたが、初めまして。グレイス・ターナーと申します、理事長様」

「堅苦しい言い方はいいよ、クインと呼びな」

「……分かりました、クイン様。でしたら、私のこともどうぞグレイスとお呼びください」

「もちろんさ」

「そして大司教様、この度はご協力いただきありがとうございます」

「いえ、むしろこうして貴女様のお役に立てること、心から嬉しく思いますよ」

そう言ってもらえると照れるが、今は照れている場合ではないので気を引き締めていく。

そして改めて、グレイスは自身が見た黒いもや――リアムが闇堕《やみお》ちをしかけたときに見たものと、エリアナを襲っていたもの――のことを二人に説明した。

それを聞いた二人は、顎に手を当てて唸《うな》る。

「魔力に似ているけれど、神力で浄化でき……」

「邪気に限りなく近い、別の何か……ですか」

「は、はい」

『あたしもその場にいたから、グレイスの言うことは確かかよ』

いつの間にか戻ってきていたシャルが、グレイスの膝の上で丸くなりながら言う。

それを受けたクインは、グレイスに質問をしてきた。

「アタシからの質問は二つ。一つ目は、リアム様の黒いもやの発生地点だ。どこだったか覚えているかい？」

発生地点。つまり、具体的にリアムの体のどの辺りから出ていたのか、ということだろう。

そのときのことを思い出していたグレイスは、はっきりと口にする。

「リアム様の心臓の辺りから出ていました」

シャルも、同意するようにこくりと頷いた。

クインは考える素振りを見せた後、二つ目の質問を口にする。

「じゃあ二つ目の質問だ。エリアナ様の黒いもやがどこから出ていたのか、分かるかい？」

間髪容《い》れず、グレイスは首を横に振った。

「いいえ。私が現場に到着したときには既に、第一皇女殿下の周りを覆っている状態でした。ですので、あれがどこからやってきたのかは見当もつきません」

「そうかい、ありがとう。きっぱりした物言いだ、さすが、あのアリアがよく話題に出しているだけあるね。気に入った」

「……えっと、ありがとうございます……？」

まさかそこで気に入られることになるとは思わず、グレイスは一応礼の言葉を口にした。まあよく分からなかったので、疑問形になってしまったが。

（というより、アリアさんが私のことをよく話題に出しているってどういうこと……？）

それに『あのアリア』という含みのある言い方はなんなのだろうか。別の疑問が浮かんでしまったが、聞ける雰囲気ではないため口をつぐむ。

そんなやりとりを微笑ましそうなものを見る目で見ていたコンラッドが、コホンと咳払《せきばら》いをしてから口を開いた。

「さて、ターナー嬢。ターナー嬢はどれくらい、魔力と神力について知っておられますかな？」

グレイスは目を瞬かせた。そして過去、教会にて教わったことを思い出しつつ言う。

「魔力とは、母神がこの世に生れ落ちるすべての人間に授ける力。そして神力とは、父神が洗礼を受けた信仰心の厚い人間に授ける力……ですよね？」

「その通りです。であるならば、邪気はお分かりになりますか？」

「人々の体に害を与える負の気、でしょうか」

「その通りです、よく学ばれておりますな」

グレイスを褒めてから、コンラッドは情報を付け足した。

「また邪気は、人の悪意からも生み出されるものなのです。つまり邪気は人に害を与えるという性質を持つ一方で、人が生み出すものでもある、という大いなる矛盾をはらんだ物質なのです。この辺りは、建国神話でも語られているものですな」

そう前置きをしてから、コンラッドは建国神話を語り始めた。

――昔々、うんと昔。この世界はひとつにつながっていました。

そしてそこで神々は争い合うことなく、平和にくらしていたのです。

しかしそれがさみしくなった神の一柱が、植物をつくりました。

それにつられて、他の神も動物をつくりました。

そしていろいろとつくっているうちに、神々はいっしょに人間をつくりだしたのです。

人間には、意思がありました。

神々は自分たちと同じように意思を持つ人間を愛し、特にいつくしむようになりました。

ですがその人間の中に、わるい人間がいたのです。

わるい人間は、自分以外の人間が神様にあいされているのが気に入らず、他の人間をいじめました。いじめた末に、わるい人間は他の人間をころしてしまいました。

そしてそのせいで世界に邪気が生まれ、人間自身をくるしめ始めたのです。

そうして、世界はまたひとつ、またひとつと死んでいきました。

人間も植物も動物も、あまつさえその大地さえも。

とある神は、それをかなしみました。

とある神は、それにおこりました。

とある神は、人間にしつぼうしました。

だから神々は別の世界をつくり、人間たちをおいて行ってしまったのです。

それでも、人間をあいし続けた神々はいました。

そのうちの一組は、光の神ソアルディと、双子の妹神ディデュイという夫婦神でした。

彼らはあらたに自身の血を分けた人間をつくり、言いました。

この子らをいつくしむうちは、この大地が死ぬことはない。

だがこの子らが死んだとき、この大地はくずれふたたび死がはびこるだろう。

そうして、この土地に住む生き物を救ってくださったのです。

――そうして、ブランシェット帝国は生まれたのでした。


まるで詩のように語られる美しい神話を聞きながら、グレイスのテンションは上がっていた。

(建国神話！)

宮廷図書館で借りた書物の一つだ。コンラッドがわざわざ挙げることからも分かるように、これらには関連性があるらしい。それを事前に読んでいたおかげか、コンラッドが語った内容もすんなりと頭に入ってきた。

心の中で、グレイスは図書館司書の女性に感謝の言葉を述べる。

その一方で、建国神話を聞いていたクインが肩をすくめた。

「神話からも分かるように、人間ってのはほんと、ろくでもないねえ。なのに、皇族に惹《ひ》かれる。まるで光に群がる虫みたいじゃないかい？」

なかなか辛辣な物言いにグレイスが驚いていると、コンラッドはため息をこぼした。

「……人間がろくでもない生き物であることは、否定いたしませぬ。ですがだからこそ、己を律し清く正しく誠実に生きることに価値があるのだと、わたしは思っておりますよ、クイン」

「……その考えに関しては、アタシも同意見だね」

そう笑ってから、クインは話を戻した。

「……とまあ、それぞれの性質の特徴は挙げたわけだけど。まあやっぱり、どれにも該当はしなさそうだね。完全に第三の力だ。ただそこから、身体《からだ》に害があることは分かる、それがもしリアム様の体にあるって言うんなら、一大事だ」

「はい」

「ただエリアナ様との関連性を考えると、リアム様がこの力に侵され出したのは一歳以内だと推測はできる」

「……ど、どうしてですか？」

思わず身を乗り出すと、クインはまあまあとグレイスをたしなめながらぱちんと指を鳴らした。瞬間、目の前にティーカップとポットが現れる。それを魔術を使って操作し、お茶を淹《い》れながら、クインは続けた。

「グレイスも聞いたことがあると思うが……皇族が浄化能力を持ち始めるのは、一歳だからだ」

「あ……」

それを聞いて、グレイスは頭の中にあったピースがはまったような感覚に陥った。

一つ頷いてから、クインはさらに言葉を続ける。

「そして皇族は、周囲の環境に適応してから浄化能力を身につける。その黒いもやが浄化で消えてしまうのにリアム様の体内にあったってことは、一歳までの間で何かがあったからに違いない。なんせあの方は、存命の皇族の中で一番、力が強い方だからね」

それを聞いたグレイスは思わず絶句した。同時に、リアムが抱えていた心の闇は、これから起因するものなのではないかと考える。

(つまり黒いもやは、負の感情の塊である可能性が高い……)

それがエリアナの身にも取りつこうとしていた。そのことを考えると、これは誰かが意図的に皇族を狙ったものに違いない。

「……もしかしたら何者かが、皇族を呪っているのではありませんか?」

そう口にすれば、コンラッドとクインは目を見張る。グレイスはさらに言葉を重ねた。

「リアム様の体内にあるものと、第一皇女殿下の身に取りつこうとしていたもの。これが同質なのであれば、それはつまり連続性がある事件だということになります。犯人はそうやって内側から皇族の方々を陥れ、この国を滅ぼそうとしているのではないでしょうか?」

言ってから、この二人にとってはありえざる荒唐無稽な話を随分と真剣に語ってしまったと、グレイスは我に返った。

(馬鹿ね、私。私は知っているからその可能性に思い至ったけれど、現状でここまで大げさに考えるのはおかしいって、よく考えれば分かるじゃない)

まだ調査における最初の段階だ。こんなところで陰謀論者だとかほら吹きだとか思われるのはあまりよろしくない。グレイスは、自分がいくら貶《おとし》められようが構わないが、それでリアムを救うために協力してくれる人間が減ることが恐ろしかったのだ。

そう思ったグレイスが慌ててなかったことにしようとすると。

「……なるほど。確かにそう考えれば、辻褄《つじつま》が合うね」

クインが、神妙な顔をして頷いた。彼女は角砂糖を数粒口に放り込み、たった今淹れた紅茶を流し込む。

あまりにも大胆な行動と発言に驚いていると、コンラッドが「相変わらずですね……」と若干引きながら頷いた。

「とても突飛な話ですが、確かに皇族を標的にして国家転覆を狙うということでしたら、大変理に適《かな》った行動です。少なくとも皇族の人数が減ると魔物が増え、国の治安に大きく影響を及ぼすことは、歴史が証明していますからね。神の血統ということもあり、子を成しにくいようですし」

魔物というのは、瘴気《しょうき》に侵された動植物のことだ。グレイスは実際に目にしたことはないが、国境沿いだと割とよく出るらしい。

人に害を与えるだけでなく環境をも汚染するため、魔物が現れた際は国が大規模な討伐師団を編成して派遣することもあるほど危険視されている。

（そんな魔物の増加と、皇族の減少に関係がある……？　もしかして、小説内のリアムが皇族を次々と殺していったのも、そのせい……？）

小説内で理由は、リアムが今まで家族を大事にしてきた反動だとされていた。しかしそれだけでないのだとしたら、小説内のリアムの裏にも誰かが潜んでいた可能性は高いのではないかと思う。

グレイスが悶々《もんもん》と考え込んでいる間にも、コンラッドとクインの会話は続いていく。

「あーそうだねえ。そういやアタシたちが学生だった頃に、皇族が最低何人いれば浄化が追いつくのかっていうことを調べて論文で提出したやつがいたっけ。確か、最低三人だったか？」

「いましたね。まあ不敬罪に問われると先生が怒り狂い、処分を与えられていたと思いますが」

「そうそう。ま、ああいうことをやりたいんなら論文なんかにするなって話だねえ」

（どうしよう、クイン様と大司教様が学生だった頃のお話、もっと詳しく知りたいけれど今聞ける状況じゃない……！）

しかしそこをぐっとこらえ、グレイスはおそるおそる口を開いた。

「そ、の。私の仮説を、信じてくださるのですか……？」

「なんだい、信じてもらえないと思ったのかい？」

「えっと、その……」

「馬鹿、アタシたちはそこまで固い頭をしてないよ」

「う……は、はい」

怒られてしょぼくれるグレイスを優しく宥《なだ》めながら、コンラッドは言った。

「それにわたしたちも、歳《とし》だけは食っていますからね。それが本気で告げた言葉なのかどうかくらい、分かります。そしてターナー嬢の声音には、そういった濁りが一滴もありませんでした」

「……大司教様」

「むしろ言葉の端々に、リアム様を救いたいのだという想《おも》いを強く感じます。……ターナー嬢は本当に、あのお方を愛していらっしゃるのですね」

面と向かって言われたことで顔を赤くしたグレイスだったが、コンラッドの視線がどこか問いかけているようにも見え、彼女は嚙み締めながらも頷いた。

「……はい。心から、お慕いしています」

何より、もし本当にあの黒いもやのせいでリアムが今まで苦しんでいたのだとしたら。そう思うだけで、腹の底から煮えたぎるような、怒りがこみ上げてくる。

犯人が目の前にいるのなら、全力で殴りかかっているところだ。

しかし同時に、相手の執念がいかに強いものなのかが分かる。

なんせリアムは、今年の春に二十五歳の誕生日を迎える。つまり二十五年近く、それがバレることがなかったのだ。

「リアム様のお体に異変があると誰一人気づかなかったのは、一体何故なのでしょう……？」

グレイスが思わず呟《つぶや》けば、コンラッドがすっと目を細めた。

「恐らくですが……リアム様が感情を上手《うま》くコントロールできる方だったからではないでしょうか？　もしこれが邪気と同じく人の負の感情から生まれるものであれば、それを植え付けられた人間は負の思考に陥りやすくなるはず。ですがリアム様は……」

「自己犠牲が過ぎる上に、精神が鋼だからねえ……あんなに上手く感情をコントロールできる人間を、アタシは知らないよ」

「……クイン、もう少し言い方をですね」

「なんだい、あの子だってアタシの教え子だよ？　それにアタシはこれでも褒めてるんだよ」

「もちろんそれは知っていますよ」

「……ふん、ならいいんだよ」

そのやりとりに、今度はグレイスが温かい目を向けてしまう。

それに、コンラッドがいるからだろうか。グレイスが考えていたより、クインは大人しかった。

そもそも大人しいとは何だという話だが、小説内では本当にアリアのことを振り回していたのでなんだか拍子抜けする。

（でもこれなら、建設的な会話ができそう……）

何より、この二人がタッグを組むということはとても頼もしい。

ただ同時に、ふと小説内で彼女が国が滅びかける寸前になってもアリアたちを助けなかった理由が気になった。

（そう言えばこの辺りは、小説が出たときも話題になってたわよね。まあ作者がうっかりしていたって意見が多数を占めてたけど……中には、きちんとした理由があったからでは？　って話もあったっけ）

実際のところ、あれはどうなのだろう？　そう考え込んでいると、クインがぱちんと手を叩《たた》いた。それにより、グレイスの意識も現実に戻ってくる。

「まあ、これ以上の推測はただの邪推になっちまう。ひとまず警戒を続けつつ、やれることをコツコツやるしかないね」

「そうですね」

「……ということで、だ。グレイス。そろそろ、その特異体質のほう、調べさせてもらおうじゃないか」

「え」

まさかの展開にグレイスが固まると、クインが目を光らせる。

「え、とはなんだい。あんたの体質も調べないと、謎の黒いもやに関しての情報が得られないじゃないか」

「え、ええと、それはそうなのですが……その……実験という名の非人道的行為であれば、ご遠慮できたらなあ、なんて……」

椅子に座ったままずるずると後ろに下がろうとしたら、がしりとクインに両肩を摑《つか》まれた。びくりとグレイスが震えると、膝の上のシャルがするりと床に着地する。

「なあに、安心おし。危害は加えないさ……体には触れさせてもらうけどね！」

「……だ、大司教様……」

溜息をこぼしつつも、コンラッドは申し訳なさそうに眉をハの字にした。

「ターナー嬢。わたくしだけでは分からないこともありまする。ですのでどうか一度、クインが診ることをお許しいただけませんか？」

「う……」

そう言われてしまえば、確かにこの体質の謎は未だに解けていない。それにリアムの黒いもやと関係していることも事実だった。

考えに考え、考え抜いたグレイスはようやく、口を開く。

「……や、優しくしてくださいぃぃぃ……っ」

――結局それから帰宅する夕方まで、グレイスはクインの健診という名の実験に付き合わされることになり。

帰宅後はぐったりとした状態で、ベッドに沈むことになったのだった。

＊

グレイスが去った一方で。

クインとコンラッドはその場にとどまっていた。

――というのも、二人きりで話がしたかったからだ。

まあ、それはアタシだけじゃないだろうけど。

そう思いながら、クインは魔術を使って新しく紅茶を淹れ直す。そしてコンラッドの前にティーカップを置いた。きっと長い話になる。ならば飲み物は必須だと思ったからだ。

そうやって準備をしながら、クインは先に口を開く。

「それで、コンラッド。グレイスの話を聞いて、あんたも何か気になっているんだろう？」

「さすがクイン。察しがいいですね」

そう言ってから、コンラッドは紅茶に口をつけた。喉を潤してから話を再開する。

「先ほどターナー嬢が、リアム様の体の異変に気づける者はいなかったのかと言ったとき、とある人物のことを思い出したのです。……当時の宮廷医の存在です」

皇族のそばにいられる人間というのは限られている。それはそれだけ慎重に、皇族たちが自分たちのそばに置く人間を選別しているからだ。そして皇族専属の宮廷医というのは、その中でも特に選別基準が厳しかった。皇族の体というのはそれだけ大切だからだ。それは、故意に政治から遠ざかっているクインですら知っている。

ただコンラッドが言うには当時、宮廷内で体調不良者が続出したことがあったらしい。それもあり内部の管理が行き届かず、短期間だが一般の宮廷医が皇族についたことがあるのだとか。

しかしここでさらなる不幸が起きた。それは魔物の大量発生だ。

「そのせいで、大量の怪我人が出ました。それにより宮廷医も何名か駆り出され、結局一時的だったはずの皇族専属宮廷医の件がうやむやになったままだった時期があります。そして数年後、その中の一人が問題を起こして職を追われていたはずなんです」

「へえ、初耳だね」

「それはそうでしょう。あなたが俗世に興味を抱くことなんて、滅多にないではありませんか」

コンラッドの呆れた様子に、クインは笑った。きっと今頃、教会の大司教である自分のほうが俗世に疎いはずなのに何故こんなことを言う羽目になっているのだ、とでも思っているのだろう。

そんな思考が読めるくらいには、クインはコンラッドと同じ時間を歩んできた。

クインがそのことを懐かしみながら紅茶を飲んでいると、ため息をこぼしながらコンラッドがそのまま会話を続ける。

「そしてその宮廷医が問題を起こした理由が、確か皇族の体にはとんでもない神秘が隠されているから……だったかなと」

「……なあるほど。頭おかしくなっちまったのか」

それを聞いて、クインは笑った。愚かだと思ったからだ。

だって皇族の身体に関しての情報は如何《いか》なるものであっても、真理に接触する重大事項だ。研究の世界に少しでも足を踏み入れれば、自《おの》ずと分かる。

探究心はどの研究分野においても大切だが、行き過ぎれば廃人となってしまう。また、今回コンラッドが言った者のように、真理に取りつかれてしまうのだ。

そしてこういったことが起きるからこそ、皇族に関しての情報の取り扱いは慎重にならなくてはならないのである。

リアムに関しての異変が暴かれなかったのは恐らく、この宮廷医が原因ではないだろうか。もしそれが事実ならば、由々《ゆゆ》しきことだ。

そしてこの宮廷医がエリアナの件に絡んでいる可能性は、大いにあった。

「ただ二十五年近く前のことですので、もう名前が……ですのでわたしは、当時の記録を明日探してみます」

「了解」

すると、孤塔の扉が開く音がする。誰が来たのかは、見なくても分かった。

ちょうどコンラッドとの話が終わったことに安堵《あんど》しつつ、クインは笑みを浮かべる。

「おかえり、アリア」

「ただいま戻りました、師匠、大司教様」

アリアは笑みを浮かべながら、ぺこりと頭を下げた。

そんな彼女に、クインが笑いかける。

「グレイスと久しぶりに会えてよかったかい？」

そう言うと、アリアはぴくりと体を揺らした。

「……はい、師匠。とても楽しかったです」

「それはよかった。ところで」

かちゃり。クインはティーカップをテーブルの上に置く。

「アリアがアタシに弟子入りを申し込んできた理由は、グレイスの体のことだろう？」

そう言うと、アリアがびくりと肩を震わせた。そして、その金色の瞳がまるで警戒するように鋭くなる。

するとと、コンラッドがアリアを宥《なだ》めた。

「アリア、落ち着きなさい。クインも、ターナー嬢の体の事情を知る一人ですから」

「……そうなのですね」

コンラッドが言ったからか、少しばかり警戒を解いたようだが、未だにクインの様子を窺《うかが》っているのが本当に可愛らしいと、彼女は思う。

——そう。クインがアリア・アボットを弟子にしたのは、アリアのほうから話を持ち掛けてきたからだった。

『わたしは、この国にはない形態の、でもさらに治療に特化した新たな術式が作りたいんです。そのために、わたしをあなたの弟子にしてください』

アリアがクインの下を訪れたのは、冬期休暇《ウインターホリデー》の後だった。

クインの弟子になりたいと言ってくる人間はごまんと見てきたが、アリアほど真剣な瞳でそれを伝えてきた者は滅多にいない。だからクインは、それはどうしてなのかと聞いた。アリアはこう答えた。

『何がなんでも、助けたい人がいるからです』

その答えが単純明快かつ切実で、面白かったこと。またアリアのテスト結果が良好だったこと。そしてリアムが後見人をしているというのもあって、クインはその要望を受け入れた。彼女は面白いことが大好きだからだ。

そして今考えても、その選択は正しかったと言える。

なんせアリアの知識を吸収する速度は、常人をはるかに上回っていたからだ。教えれば教えるほど吸収し、それを他の知識と掛け合わせて応用できるだけの柔軟性もある。

それだけでも面白いのに、アリアは冬期休暇《ウインターホリデー》後のテスト結果をねたんでちょっかいをかけてきた同級生たちを言い負かし、それでも突っかかってくる人間のプライドを、実力と小手先の技術で完膚なきまでに叩きのめしたのだ。

それ以来、アリアに悪意を持った人間は彼女を『悪魔』だと言っているらしい。

ただ基本、誰に対しても親切にするアリアが『悪魔』なんて呼ばれていても、信じる者はいない。むしろそう声高に叫ぶほうに白い目が向けられ、彼女は同情されるようになっていた。そんな彼女の評価が学園内で上がっていくのは、自明の理だった。

だからこそ、クインはそんなアリアを応援したいとも思う。そしてグレイス本人に会った今、その気持ちはさらに強くなった。

だってグレイスは、リアムの『運命の伴侶』だから。

会う前は、あのリアムを救えるような人間なんていやしないと思っていたが、今となってはグレイスしかいないとさえ思える。それくらいの魅力が、彼女にはあった。

「いやあ、グレイス。いい子だね。アリアが助けたいと思うだけの良さがあるよ」

クインがそう言うと、アリアはむくれる。

「他の有象無象だけではなく、師匠まで……」

「他の有象無象って？」

「通りすがりに会った学生たちですよ……！」

アリアは、怒ったように頬を膨らませながら言う。

「確かに今のグレイスさんは、それはもう輝かんばかりに美しいですけど！　近づこうとするなんて心底不愉快です……！」

どうやら、グレイスを送った際に何かあったらしい。それを聞いて、クインは思わず吹き出しそうになった。

そりゃ、リアムの『運命の伴侶』だからねえ。仕方ない。

これはあまり知られていない、というより重要視されていないが、『運命の伴侶』というのには秘密がある。それは、皇族と心を通わせた後に起きるのだ。

人としての魅力が開花するとでも言えばいいのだろうか。とにかく、周りの人間をも虜《とりこ》にする何かが発揮され、それが自ずと彼女たち自身の外面に現れるのだ。それは皇族の能力値に比例する。

そしてリアムは、歴代皇族の中でも特出した浄化能力を持ち合わせている。そんな彼の伴侶であるグレイスが周囲の人間を引き寄せるというのは、ある意味では当然の流れだった。

まあ、アリアは皇族の関係者ではないので、そのことを伝えたりはしないのだが。

ただ、アリアはそれが大層気に食わないらしい。まるで自身のおもちゃを取られた子どものような顔をしていた。

とても大人びた少女がこんな顔を見せるなんて珍しい。思わず笑ってしまいそうになるのをこらえてから、クインは口を開いた。

「こらこら、そんな顔をするんじゃないよ」

「……わたしが気にしているのは、それだけではありません。グレイスさんが、それに無頓着なところです」

「あー……それは確かに」

「だからわたし、帰り際に言ったんです。『グレイスさんも素敵なんだから、ちゃんと自覚を持ってくださいね』って。そしたらなんて言ったと思います？」

「うーん、なんだろ」

「『私はアリアさんと違って愛嬌《あいきょう》がない顔をしているから、大丈夫よ。むしろアリアさんのほうこそ可愛くて皆好きになってしまうかもしれないから、気をつけてね？』。そう言われました」

「あー……」

それは怒るわな。

そう思ったクインだったが、藪蛇《やぶへび》だと感じたため口をつぐむことにした。そして彼女にしては珍しく、空気を呼んで話題を変える。

「ま、まあ、とりあえず、グレイスの体のことに関してはアタシも協力するから。きっとアリアが求めるものは出来上がるさ」

「……はい、師匠。お気遣いいただきありがとうございます……」

そう言い、アリアは「門限まで、ここで書物を読んでいてもいいですか？」と聞いてくる。いつも通りのルーティンだったため、クインは頷いた。

そうしてちょこちょこと書物を数冊抱えて、端っこにある専用の椅子とテーブルに運ぶアリアに、コンラッドは笑う。

「ターナー嬢の存在は、リアム様のみならず色々な人に影響を与えているようですな」

「本当だねえ……」

「……そして傷ついたアリアの心を癒してくれました」

アリアはまるで、手負いの獣のようでしたから。

そう言う横顔がどことなく寂しそうで、でも嬉しそうだった。それを見るだけでも、今のアリアがこんなにも感情豊かに伸び伸びと勉学に臨めているのがグレイスのおかげだと分かる。

そしてこれからもきっと、グレイスは様々な影響を周囲にもたらすのだろう。

「もしかしたらターナー嬢は、今後もありとあらゆる人間を救い出しては、味方につけてしまうかもしれませんね」

だからコンラッドは冗談めかしながら、そう笑った。それを聞き、クインも笑う。

「もしそうなら、これからの帝国は面白いことになるかもしれないね。――とても楽しみだ」

＊

その一方で。

リアム・クレスウェルは、パトリシアがグレイスに接触したことに関して訝《いぶか》しんでいた。

というのも、彼女の婚約者がダミアン・ギブズだったからだ。

色々と調査したところ、彼の想い人がグレイスでないことは分かっている。なんせ彼は十年以上前から、一途《いちず》にその人のことを想っているともっぱらの噂だからだ。

十年以上前となると、皇太子だったセオドアと皇太子妃だったソフィアの間に男児が生まれ、母の死によってだいぶ衰弱していた父が皇位を譲った辺りだろうか。その頃のグレイスは皇都に来たことがないいたいけな少女だったはずなので、ダミアンと接点はないだろう。そのため、その方面での警戒は解いた。

しかし、気になることがある。それは彼の想い人だ。

その名前を口にしたことはないが、どうやら相手は手が届かない高嶺《たかね》の花《はな》なのだと、教会の懺悔《ざんげ》室《しつ》に来るたびに言っていたらしい。そもそもこの想いすら罪なのに、とよく泣いていたそうだ。

何故そんな重大な個人情報を知っているのかというと、昨年起きた『世紀の大神罰』において、リアムが教会関係者と深く関係を持つことになったからである。

——教会に当たりをつけて正解でした。

リアムの予想だと、ダミアンのような人間は他人に本音を漏らさない。それは貴族相手ならなおさらだ。なぜなら貴族というのは、新興貴族ゆえに馬鹿にされているダミアンにとってのコンプレックスそのものだから。

だが商業方面で成功を収めている以上、彼にはそれ相応の自信というものが存在する。なのに自分が今いる貴族社会の人間はそれを決して認めてくれないのだ。

しかし商業展開をしていく上で、貴族との繋《つな》がりは必須。そんなどうしようもない状況が続けば、自ずとストレスはたまるはず。

かといってギャンブルや女遊びといったような派手な生活は送っていないようだ。そこまでの情報は手に入れていた。だがこれだけでは、品行方正であることしか分からない。

しかし人間である以上、ストレスのはけ口は必要だ。そのためさらに詳しく、社交界外の情報も含め調べた結果――ダミアンが熱心な信奉者であることが分かったのだ。

それを知ったリアムが、ならば教会の懺悔室でなら本音を吐けるのではないか？　と当たりをつけた結果、こうしてダミアンの情報を得るに至ったのである。これは、以前のように貴族社会にのみ注視していたリアムのままだったら、知り得ない情報だった。

――やはり情報の網は、もっと各所に広めなければなりませんね。

大神罰後から色々と試行錯誤はしているが、ここまで来たら情報を専門に取り扱う裏の機関のようなものを立ち上げてもいいかもしれない。まあこれはまた今度だ。

そんなことを計画するのと並行して色々と考えていたリアムは、ある結論に至った。

――もしかして彼の想い人とは、義姉上《あねうえ》なのでは？

というのも、ダミアンは神経質でありながら優れた商才を持つ子爵だ。容姿は中程度だが、その資産があれば女性には困らない。つまり、その気になればなんでも手に入れられる。なんせ、そこら辺の伯爵と同程度の資産を持っているからだ。

ただ同時に貴族社会では、働くことは悪であり俗な行ないだとされている。そのため周囲からは馬鹿にされており、高位や古参の貴族たちに対して並々ならぬ憎悪と嫉妬心を抱いていた。

それを踏まえた上で想い人の人物像を照らし合わせてみると、相手の立場が見えてくるのだ。

ダミアンが『高嶺の花』というからには、彼以上の資産を持つ家柄の人間であること。

また『想うことすら罪』ということは、相手が既婚者である可能性が高い。夫婦神を祀《まつ》るブランシェット帝国では、不倫は重罪となるからだ。

その上で信奉者ともなれば、彼がソフィアをより神聖視する理由も分かる。

しかしそれだけでは、相手がソフィアだと断言するには弱い。

だがそこにグレイスに対して向けていた視線の意味を考えると、話が変わってくる。

グレイスは、ソフィアの女官として働いている唯一の令嬢だ。

――もしギブズ子爵がグレイスを利用して、義姉上に接触しようと考えていたら？

可能性はある。そしてそこに、未だに黒幕が判明していないキャンディのような、相手を洗脳する道具が出てきたとしたら？

そうなれば、彼がグレイスを巻き込んで事件を起こそうとしていることが疑惑から確証へと変わる。

何より、ダミアンとパトリシアが婚約をした時期は、リアムがグレイスとの仲をちらつかせた時機と符合する。

彼が昨年の夏からソフィアに何かするつもりで計画を立ててきたのであれば、それはものすごい執念だ。しかし十年間募らせてきた想いが噴きこぼれたのであれば、それくらいの行動に出てもおかしくないかもしれない。

そして想いを募らせに募らせた男が、異性に対して何をするのか。

正直考えたくはないが、最悪を考えるのであればそれはきっと——誘拐、監禁だろう。

そしてソフィアを自分だけのものにして、何から何まで世話をして自分だけの花として愛《め》でる。

恋によって異常行動を起こすようになる人間の末路は、大抵そこだった。

もし本当にソフィアに対してこのような行動を起こそうとしているのであれば、到底看過できない。なんせ彼女は皇后である上に、リアムにとって大切な兄の『運命の伴侶』だ。もしソフィアを失ったら、セオドアは心の底から自分を責め、そして犯人を血眼《ちまなこ》になって捜すだろう。

——そしてもし、義姉上が亡くなったら……。

ぞわり。想像するだけで、リアムの背筋に悪寒が走った。そのため、その考えを振り払うように首を振って、別のことを考えることにする。

問題は、彼がそのような行動を起こそうと考えたきっかけだ。

人間がとんでもない行動を起こすのには、何かしらのきっかけが存在する。それは大なり小なり、本人にとってはとても重大なことなのだ。

それこそ、グレイスを傷つけられ、しかし犯人に繋がる証拠を得られなかったリアムが、伯父であるケイレブを殺そうとしたように。

何かしらの変化がダミアンの身に起きたはず。その上で、水面下で準備を進めているはずだ。

——……彼が怪しいのは事実ですが、もう少し確証が必要ですね。

そのための鍵となるのは、パトリシア・ケプロンの存在だ。

ダミアンと共犯か、それとも脅されたのか。どちらにせよ彼女がグレイスに何かするときが、きっとダミアンが動き出すときだろう。

グレイスを囮《おとり》にする気など毛頭ない。彼女への想いを自覚する前ならばいざ知らず、今のリアムはできる限り彼女を安全な場所に置きたいと考えているからだ。

だがパトリシアの行動に問題がない以上、それを咎《とが》めることはできない。ならば周りを固める他なかった。

「……シャルに、警戒するように言わなければなりませんね」

そう呟き。

リアムはこれから起こるであろうことを考え、すっと目を細めたのだった。

四章

コンラッドとクインと密会をした三日後。

そして、リアムの生誕を祝う夜会まで、残り三週間ほど。グレイスは目が回るような忙しさの中でも、懸命にフラグをへし折るべく奮闘していた。

そのタイミングで。

「グレイス・ターナー嬢……このことは、絶対に誰にも言わないでくださいませ。そう、誰にも！」

「は、はい……」

グレイスは何故《なぜ》か、鬼気迫る様子のパトリシアに脅される羽目になっていた。

（何がどうしてこうなったの……）


――事の発端は、数時間前である。

グレイスは、一週間後に参加することになっている読書会で使う書物を探すべく、女官としての仕事の合間に本屋へやってきていた。

まあ、それは建前で、ただ気分転換に書物……それも小説を買いたかっただけだ。

ちなみに小説は、この国では俗物とされており、庶民の読み物だと言われている。

（というけど、貴族令嬢の間では人気なのだけれどね）

しかし貴族の中には頭の固い者も多いため、年頃の令嬢令息たちは小説ではなく詩や聖典などを読めと言われるのだ。

読書会でも詩を朗読することになっており、その場で「文学的にはこれは～」だとか「この部分はこうこうこうで素晴らしい～」という感じの感想を言い合うらしい。グレイスが想像していた読書会とは少し違っていた。

ちなみにグレイスの世話係にその場のノリでさせてしまったパトリシアは、厳格な家柄ということもあり小説を殊更《ことさら》批判しているらしい。娯楽を楽しまないで何を楽しみに人生を生きているのだろう？　と不思議で仕方ないのだが、それは個人の自由だ。グレイスの知ったことではない。

ただ、そんなものばかり読んでいたら気が滅入《めい》る。

何より、前世ではただのオタクだったのだ。何故だか分からないが、以前利用したときからグレイスのことをとても慕ってくれている宮廷図書館司書にとても面白そうな恋物語を紹介してもらったこともあり、彼女の中のオタク心がより一層疼《うず》いていた。

（それなのに、宮廷図書館に小説が置いてないんですもの……！）

下手に置くと争いの種になるらしくおけないのだという。なんて愚かな。これだから人間の間での争いが終わらないわけである。

諦めようかとも思ったがこういうのは厄介なもので、一度火がつくとどんどん気になってしまう。

何より、リアムの個人誕生日会の企画、夜会、女官の仕事をしつつの淑女教育、黒いもやの調査、パトリシアの小言、顔つなぎのための社交場への参加、リアムの闇堕《やみお》ちフラグを立ててくる犯人探し……と、とにかくやることが多すぎた。多すぎる割に進展がないものもあり、グレイスのストレスは最高潮に達している。

そこでふとグレイスは、一週間後の読書会のことを思い出した。

（読書会で使う詩集を買いに行くついでに、小説を本屋で物色すればいいのでは!?）

我ながら、大変言い訳の利くナイスなアイディアである。

それもあり、グレイスは物色しようと町へ繰り出したのだった。

そうして向かったのは、図書館司書おすすめの本屋だ。

（ほんと、大通りから少し外れるから探しにくいけど品揃《しなぞろ》えがよくて、本の管理もきちんとしていて最高……）

何よりここの店主は魔術師らしく、本屋の外観からは想像もつかないほど広い店内だった。

もしかしたら、金があり余った魔術師が道楽で開いている本屋なのかもしれない。どちらにせよ、ありがたい話だ。

何よりリアムからはこれでもかと、お小遣いをもらっている。

そう思い、グレイスは時間の許す限り小説を漁《あさ》りつくそうと、手始めにおすすめされた恋物語を探すことにしたのだが。

そこでばったり、パトリシアに遭遇した。

それも、手に小説――それもグレイスが買おうと思っていた『紅の姫』というラブロマンスを持っていて。

グレイスは思わず、二度見した。

パトリシアのほうもグレイスを凝視し――そして顔を真っ赤にする。

それから書物をおいた彼女はグレイスをひっ捕まえて自身の馬車に引きずり込み、個室のある会員制のティールームに連れてきたのだ。

「グレイス・ターナー嬢……このことは、絶対に誰にも言わないでくださいませ。そう、誰にも！」

「は、はい……」

そうして驚くべき速さで詰め寄られたグレイスは、こうして高級アフタヌーンティーセットを賄賂に脅されているというわけなのである。

（けれど……まさかあのケプロン嬢が、小説を読んでいるなんて思わなかったわ）

あんなに痛烈に批判していたのに。

そう思ったグレイスは、この際だからその辺りの疑問を解消しておこうと口を開いた。

「ケプロン嬢は、小説を読むのがお好きなのですか？」

「は!?　ちょっと、貴女《あなた》、わたくしの話を聞いておりましたの!?」

「もちろんです。それにこの通り、他人に伝えてはいないではありませんか」

これを機に、グレイスが根掘り葉掘り聞くつもりだということが分かったのだろう。パトリシアはたっぷり間を空けて抗《あらが》いつつも、しかし溜息《ためいき》をこぼして話をしてくれた。

「……わたくし、物語が好きなのです。そしてそれは小説に限った話ではありません」

「なるほど。文字を読むのが好きなのですね」

「はい。その中でも小説には、夢や希望、勇気が詰め込まれているとわたくしは思います。ですが……両親はそんなものは俗物だから、と許してくださらないのです。ですから、黙っていて欲しいとお願いいたしました」

「そうなのですね」

パトリシアも大変なのだな、とグレイスは思った。

（それはそうよね。誰にだってそれぞれの人生があって、そう行動するだけの理由があるんだもの）

それにパトリシアとギブズ子爵との婚約は金銭援助が目的の政略結婚ともっぱらの噂《うわさ》である。そして聡明《そうめい》な彼女であれば、それが家格……つまり両親の意地や品格を保つためのものでしかないことは、分かっているはずだ。

それでもパトリシアが婚約を受け入れたのは、それが家族のためだからだろう。

（……私も、家族を守るためならなんでもやるって思ったことがある。だからケプロン嬢の気持ちは痛いほどよく分かるわ）

よって、この話はここまでだ。そのためグレイスは、賄賂として出されたアフタヌーンティーを美味《おい》しくいただくことにした。

春ということもあり生の果物を使った菓子が多く、どれも一口で食べられるため飽きがこない。

特にイチゴのタルトが絶品だった。

その美味しさに舌鼓を打っていると、パトリシアがポカーンとした顔でグレイスを見つめていることに気づく。

規律正しく、自分にも他人にも厳しい完璧な淑女である彼女にしては珍しい表情に、グレイスは首を傾《かし》げた。

「どうかされましたか、ケプロン嬢」

「どうかって……それだけ。それだけですの？」

「それだけとは……」

「っ、ですから、わたくしの弱みを握るために、もっと色々なことを聞いてくるところではありませんの!?」

「そういうものなのですか？」

「そういうものなのですか、ですって？　そういうものですわ！」

先ほどから大変申し訳ないが、質問に質問ばかり返してしまう。

ただグレイスには、パトリシアが言いたいことが分からないのだ。

（確かに弱みではあるけれど……これを使って脅したところで何になるの？って話だし）

嫌いな人間ならばそれ相応に懲らしめてやろうという気にもなるが、そういうことも特になかった。そのためさらに首を傾げてしまう。

「であるならば私は口外いたしませんので、お気になさらずに。先ほどの質問も、純粋に気になったから聞いただけですので」

「気になったからって……貴女、わたくしのことが嫌いなのではないのですか?」

「え? いえ、特に」

「……は?」

(小姑《こじゅうと》並みにうるさくはあるけれど、指摘してくることは実際正しいのよね)

グレイスが礼儀作法を身につけていないのは事実だ。そして彼女は人よりも物覚えが悪いため、それらを一朝一夕で身につけることができない。アリアであれば難なくできたであろうが、そんなことを言っても意味はない。

しかしグレイスはそれを別に悲観してはいなかった。

だってグレイスはグレイスだったからこそ、リアムの『運命の伴侶』に選ばれたのだから。

もしそれをグレイス自身が否定すれば、それはリアムのことをも否定することになるし、今までの頑張りそのものにケチをつけることになる。それは、リアムが伯父を殺さないように奮闘した過去の自分にとても失礼だ。

「それに、ケプロン嬢がご指摘してくださるからこそ、私への陰口が減っているのは事実ですよ」

これは本当にそうだった。

まああれだけダメ出しを食らっている相手がいる前でそれにのっかるのは気が引けるし、下手に指摘をすれば確実にパトリシアの小言が飛んでくる。

飛んで火に入る夏の虫ではないのだから、グレイスそのものを避ける貴族が多いのだ。そしてそれは彼女にとって割と快適な環境をもたらしてくれている。

……もちろん、カチンとはくるが。

グレイスは一口紅茶を飲み、続けた。

「それにケプロン嬢は他の方々と違い、私の不手際は咎《とが》めても、リアム様や私の家族を貶《おとし》めたりはしませんでしたから」

「それは、当然でしょう」

「ふふ。他の方々はなさっていますから。私としてはそれをなさらないで、面と向かって指摘してくださるケプロン嬢のほうが好きなのです」

「す、っ!?」

きょとん、とグレイスが目を丸くしていると、パトリシアは口元を扇子で隠してから咳払《せきばら》いをした。そしてもごもごと何かを言う。

「……そんなこと、初めて言われましたわ」

「ケプロン嬢、どうかなさいましたか?」

「い、いえ、なんでも」

しかしそこでふと、興味を抱いた。

「……ケプロン嬢のご自宅には、詩集もあるのでしょうか?」

「詩集ですの? それはもちろん……」

「なら! ケプロン嬢のご自宅に伺っておすすめの詩集を教えていただくことはできませんか!?」

若干食い気味に、グレイスは言った。パトリシアは表情を硬くしたが、何か言われる前にと彼女は畳みかける。

「実を言いますと一週間後、読書会がございまして。そこで詩集を持ち寄り自分の好きな詩について話すことになっているのですが、どれにしようか迷っているのです」

「……」

「どうかご指導ご鞭撻《べんたつ》のほどをお願いできないでしょうか。ケプロン嬢……！」

ここまできたらもうゴリ押しだ。先ほど小説の件はこの美味しいアフタヌーンティーセットで口をつぐむことにしてしまったので、情に訴えかけるしか方法がない。

（だけど！　個人的に、いける気がする……！）

というのも、パトリシアにいつものような覇気がないからだ。

それから少しの間、パトリシアは固まり、グレイスを見て、そしてため息をこぼした。

「……今回だけですわ」

「で、では！」

「ええ、三日後にお越しくださいな。仕方ありませんもの。わたくしは貴女の世話係なのですから」

なんて言っていたが、いつものような刺々《とげとげ》しさがないためまったくと言っていいほど怖くない。

しかしそこには触れず、グレイスは満面の笑みでお礼を言った。

「ありがとうございます、ケプロン嬢！　この借りは、いつか必ずお返ししますね！」

「……そんなことはいいですから、早くお食べなさい。もうそろそろここを出ますわよ」

「はい」

それからアフタヌーンティーを堪能《たんのう》し何事もなく解散したグレイスは、馬車に乗り込んでから気づいた。

「……あ、女官のお仕事……！」


遅刻した。

御者に無理を言ってかなり飛ばしてもらったほうだが、まあ休憩時間にさっと見て戻ろうと思っていたのでこの結果は当然である。

息をなんとか整えて皇后の部屋に入室したグレイスは、ソフィアに謝罪した。

「遅れてしまい、大変申し訳ございませんでした、皇后陛下！」

するとソフィアは、頭を上げるように言ってからグレイスのことを真《ま》っ直《す》ぐ見る。その顔に、いつものような笑みはなかった。

「グレイスさん。何があったのか、説明できる？」

「は、はい……その、休憩時間に書物を買いに行きましたら、ケプロン嬢にお会いしまして……教育的指導を受けていたら、このような時間になってしまいました」

できる限り嘘《うそ》はないように、しかしパトリシアの秘密を隠しつつ、グレイスはそれらしい言い方に直して話した。

(だってケプロン嬢が私をアフタヌーンティーに誘った、なんて言ったら、確実に何かあったと疑われるもの……)

それに、おすすめの詩集を教えてもらうことになっているのだ。間違いなく教育的指導だろう。

そう思い告げた言葉を聞き、ソフィアは口を開いた。

「まず、最初に謝罪をしたこと。これはとてもいいことよ。だけれどね、グレイスさん。貴女はその前に、わたくしに使いを出して遅れる旨を事前に伝えるべきだったわ。そしてそれは、立派な淑女として必要な思考よ」

「……仰《おつしや》る通りです、皇后陛下」

グレイスは猛省する。あまりのことでそういったことまで思い浮かばなかったが、そこまで気を回せてこその淑女だろう。

ソフィアはさらに言った。

「それに最初に言ったように、わたくしたちは『運命の伴侶』。わたくしたちの身に何か起きれば、皇族の方にもご迷惑をおかけすることになるわ。連絡がつかないとなると、誘拐された可能性だって考えなければならないの。分かるわよね?」

「はい……」

「とても反省しているようですし、お小言はこれくらいにしましょう。……本当、何事もなくてよかったわ」

そこで気づいた。ソフィアはグレイスのことを叱る以上に、心配をしてくれていたのだ。
まるで母親のような優しさと厳しさに、グレイスの涙腺が刺激される。

（心配、かけちゃったわ。それにあれだけ色々と教えてもらっているのにいざというときに活用できないなんて、恥ずかしすぎる……）

その上、諸々《もろもろ》進展がないこともあり、グレイスはいつも以上に精神的なダメージを受けていた。

（淑女教育もだめ、リアム様の黒いもやに関しても対策なしだし他人に頼りきりだし、皇后陛下と第一皇女殿下の死亡フラグとなる事件の犯人も誰なのか、見当がついていない……挙句こんな失態を犯して、私ってもしかして空回りしまくりの役立たずなんじゃ……）

そして役に立たないということは、グレイスがここにいる意味がないということになる。だって彼女の唯一の長所は、未来に起きる出来事を知っている、という点なのだから。

（でも、リアム様が闇堕ちしなかったことで、多くのストーリーが変わってる。私が婚約するタイミングも早くなって、それに伴い事件が起きるタイミングも少しずつずれているわ……つまり、今まで以上に柔軟な思考と応用力が必要になる……）

そんな高度なことが、グレイスにできるのだろうか。

でもそれくらいしないと、世界の強制力に勝てない。

そして強制力に勝てなければ、グレイスの大切な人たちが命を落とすことになる。

（……こわい）

自分の判断ですべてのものが手から滑り落ちてしまうかもしれない、この状況が、とても怖い。

怖くてたまらない。

そしてソフィアとエリアナの命を狙う危機は、もう目の前に迫っている――

ぐるぐる、ぐるぐる。

思考が負の感情に侵される。

挙句目眩《めまい》までしてきて、グレイスは目を瞬かせた。

（あ、やば……こんな場所で倒れるなんて、いけないのに）

こんな、叱られている場で倒れるなんて、言語道断だ。

そのため、グレイスは必死に目眩を落ち着かせようとするが、視界の揺れは落ち着くどころかひどくなっていく。

「……グレイスさん？」

ソフィアに名前を呼ばれたが、返事をするだけの気力がもうなかった。

ぐらり。視界が揺れる。体がかしいでいく。

最後に視界に入ったのは、驚いた様子で駆け寄ってくるソフィアだった。

＊

混濁していた意識が、ゆっくりと浮上する。

ぱちり。グレイスが目を開けたときに視界に入ったのは、見慣れた天井だった。

（……え？　つまりここ、クレスウェル邸の私の寝室？）

瞬間、むにゅっと頬を突かれた。

『おはよう、グレイス』

「……おはようございます、シャル様？」

『まあ今、夕方だけれど。あんたは二日も眠ってたんだけど！』

「……二日!?」

聞けば、診断結果としては過労らしい。

ソフィアがリアムに連絡をし、やってきたリアムによってクレスウェル邸に戻ってきたグレイスを、コンラッドが診断してくれたようだ。

あまりにもひどい負の連鎖に、開いた口が塞がらない。

（いや、でも過労と聞いて思い当たる節しかない……）

やることもたくさんあり、そしてグレイスだけしか対応できないことがほとんどだった。それに伴い、考え込むことも多かったように思う。むしろ、今までよく頑張ってきたのではないだろうか。

するとと、シャルがツンとした態度でグレイスに告げる。

『あ、あとリアムに全部話したから』

「え、は？　な、何をです!?」

『最初から最後まで、隠していたこと全部、よ』

最悪な死刑宣告を聞き、グレイスはベッドの上でぶるぶると震えた。

これから、リアムに怒られるのかどうなのか、まったく見当もつかない。ただろくなことにならないであろうことだけは分かった。

（待てー待てー落ち着けーー！　い、今から言うことをまとめればなんとか、なんとか、な……なるかしら⁉）

過労後の起き抜けに聞かされる情報にしては刺激が強すぎて、プチパニックだ。

さらに無慈悲なのは、そのタイミングで寝室の扉が開いたことである。

「あ……」

入ってきたのは、今一番会いたくなかった存在——リアムだった。

彼と目が合ったグレイスは、しかし逸《そ》らすこともできずに固まる。

一方のリアムは、いつも通りだった。

「起きたのですね、グレイス」

「は、はい」

「どこか、痛むところなどはありますか？」

「い、いえ……」

首を横に振ると、ベッドサイドにおかれている椅子に腰かけたリアムが、するりと手を伸ばしてきた。手袋越しに額に手を当てられる。

「……確かに、熱などはありませんね」

「は、はい……」

「喉が渇きましたよね。水がありますが、飲みますか？」

こくりと、グレイスは頷《うなず》いた。すると瞬時にリアムが水差しからコップに水を注いで、手渡してくれる。一口飲むと、気持ちも少しばかり落ち着いた。

手元でコップを弄《もてあそ》びながら、グレイスはリアムの様子を窺《うかが》う。

「……あ、の。リアム、様」

「なんでしょう」

「シャル様から聞きました。その……すべて、お聞きになったと」

「そうですね。淑女教育、社交界への参加、わたしの体から出ていた黒いもやの調査……これだけのことを並行してやっていたとか。それでは、過労で倒れるのも致し方ありませんよね」

「……怒っていますか？」

聞いてから、そりゃ怒っているわよね、とグレイスは愚かな質問をしてしまったことを自覚した。

(そりゃ怒るわよ、怒るでしょうよ……何かあったら頼ってくれって言われてたのに言わないし、挙句隠していたことが重大事項だし……)

そこでグレイスはあることを思い出した。それは、黒いもやの件を伝えればリアムがグレイスから距離をおこうとするかもしれないことについてだ。彼女はバッと顔を上げる。

「あ、あの！　私のそばを離れるなんて、絶対に言わないでください！」

「……グレイス、それは……」

「というより、何があっても私はそばを離れませんからね。これは絶対、絶対です。貴方《あなた》がたとえ怒っていたとしても、それだけは聞けませんからっ！」

ものすごく面倒臭い女でしかないことを言ってしまったが、本気である。

（だってリアム様、目を離したら裏で暗躍しそうな雰囲気が……！）

それに、黒いもやが人の負の感情によって肥大化していくものなら、それはそばにグレイスがいてこそ落ち着くと思うのだ。だってグレイスは、彼にとっての『運命の伴侶』なのだから。

しかし返ってきたのは、思いがけない言葉だった。

「わたしも、離れたくはありません」

「……ほ、本当ですかっ？」

「はい。ですが怒ってはいます。怒っていますが……これはどちらかというと、自分に対しての怒りです」

「……え」

「だって貴女がわたしを頼らなかったのは、わたしを傷つけたくなかったからですよね」

「…………」

「それなのにわたしは、貴女が何か隠していることに気づきながらも、貴女の言葉に嘘がなかったがためにそれを流しました。自分自身に関わる重大なことだったのに、貴女の優しさに甘えたのです。あまりにも不甲斐《ふがい》ないでしょう？」

そんなことはないと言おうとして、しかし言えなかった。だってリアムは本当に悲しそうに、それでいて猛烈に怒り狂い、自分自身のことを責めていたからだ。

リアムは言う。

「なのでグレイス、お願いがあります」

「……なんでしょうか」

「たとえそれがどんなに残酷なことだったとしても。わたしに隠し事はしないでくれませんか?」

そう言われ、グレイスの心臓が大きく跳ねた。

(……かくし、ごと……)

そう言われると、グレイスはリアムに、否《いな》、すべての人に対して隠し事をしている。自身に前世の記憶があること、そしてこれから起こるであろう先の未来について、なんとなく把握していることだ。

(でもこんなこと……さすがに誰にも打ち明けられない)

特にリアムには言いたくなかった。信じてもらえるとかもらえないとかではない。だって。

——小説の中でリアムは、自身の妹と甥《おい》以外の家族を、殺しているのだ。

伯父を自らの手で殺した。——彼の倫理観がバラバラになった。

姪《めい》と義姉に、ストーカーをけしかけ転落死させた。そうして間接的に、一番信頼していた兄も殺した。——彼の心に取り返しのつかないひびが入った。

その後、妻に甥の伴侶を殺させようとした。失敗した妻が処刑された。

グレイスの死に対して、小説内のリアムは特に言及してはいなかった。なのできっと気にしていなかったのだろう。そう思い胸がずきりと痛んだが、それ以上に気にしなければならないのは今目の前にいるリアムがどう思うかだった。

きっと他の人間ならばそんなこと、言ったところで信じたりはしないだろう。しかしグレイスが嘘を言っていないことも分かってしまう。彼は、真偽を見抜ける人だから。

(小説内の『リアム』ならなんとも思わなかったかもしれないけれど……今のリアム様なら絶対に傷つく)

それが、リアムにとっての特別であるグレイスが言うなら尚更だ。

そして傷ついた挙句、今度はグレイスを自分の手の届かないどこか遠くへ追いやろうとするはずだ。だって彼女のことを、本当に大切に想《おも》ってくれているから。

しかしそれではだめなのだ。

(だってそれじゃあ、リアム様を救えない)

リアムはそれでいいと、自分を犠牲にしてすべてを終わらせる結末でいいと、言うのかもしれないけれど。グレイスは嫌だった。

だって、リアムを愛しているのだから。

(だから、隠し事をすべて打ち明けることはできない)

しかしこの場においてできないと言えば、リアムは傷つくだろう。だからグレイスは欲張りなことをすることにした。

「……ごめんなさい、リアム様。それは、できません」

「……どうしても？」

「はい。ですが……一つ、変なお願いをしてもいいですか？」

一瞬顔を強張《こわば》らせたリアムが、困惑した顔をして首を傾げた。

「……変なお願い、ですか……？」

「はい。本当に変な……きっと他の人が聞いたら馬鹿馬鹿しくて笑われるようなお願いなんです。でも、私にとっては大切なもので……だからリアム様にしか、できないんです」

「……分かりました、聞きましょう」

無事に言質を取ったグレイスは、ふう、と息をはく。

（言質は取ったものの、いざ口にしようとすると緊張するわ……）

だってこれからリアムにお願いしようとしていることは、現状では導き出せないほど突飛な内容なのだから。

「……皇后陛下のことを狙っている、不審者を探して欲しいんです」

「……義姉上《あねうえ》のことを狙っている、ですか？」

「はい。男で、子爵位を賜っていて……婚約者がいるはずなんです。もしかしたらそんな人、いないかもしれないのですが……いえ、きっと、絶対にいるはずなんです。だから……」

そう言いながらも、本当に馬鹿馬鹿しいなと思った。だってあまりにも曖昧でとんちんかんな発言だ。いるかどうかも分からないストーカーを探せなど、どこに置いたかも分からない宝箱を探せと言っているようなものである。

（でももう、私じゃ調べられない）

社交界に参加して情報を集めてみても、そんな情報は出てこなかった。

それはそうだ。だって相手は皇后。皇后に対して想いを募らせるということは、皇帝に対する宣戦布告に等しい。

そんなこと、決して他人に言ったりはしないだろう。もし言っていたのであれば、今頃牢屋《ろうや》の中にいるだろうから。

でも、起こるはずなのだ。リアムの生誕を祝う夜会の開催は迫っている。そしてこの世界における死亡フラグは、意思を持って捻《ね》じ曲げなければ折れることがないのだ。グレイスは伯父のことを殺そうとしたリアムのことを思い出し、そう確信した。

（どうして、リアム様の周囲ばかり不幸な目に遭わないといけないの……？）

そしてどうして、それでグレイスの大切な人たちが犠牲にならないといけないのだろうか。グレイスは世界の強制力を恨んだ。

何より情けないのは、自分に対してだ。思わず泣きそうになる。どうして未来を知っているのに、それを防ぐことができないのだろう。

そこで浮かんだのは、今まで出会ってきた皆の顔だ。

ミラベルお母様、ジョゼフお父様、ケネスお兄様。

大好きな婚約者のリアム、契約神獣のシャル、小説のヒロインのアリア、大司教のコンラッド。

執事長のロラン、専属メイドのエブリン。

皇帝セオドア、皇后ソフィア、第一皇女エリアナ。世話係仲間のリーシャ。そしてパトリシア。他にも関わってきて、知り合い仲良くなった人がたくさんいる。

——そんな彼らの命が、グレイスの選択によって彼女の手から滑り落ちてしまう。

その事実に、グレイスは震えた。

（……私がもっと、有能だったら）

そしたらもっといいアイディアが浮かんで、守りたい皆のこともすべて救えただろうか。

こんな突拍子もないことをリアムに頼んで、頭がおかしいと思われたりしなかっただろうか。

そう考え、また泣きそうになって、グレイスはぐっと唇を噛《か》み締めた。リアムを困らせてしまうのだから、泣くことはできない。でも今にも涙がこぼれそうで俯《うつむ》いた。

そして、震えそうになる声をなんとか整える。

「……い、今のはなかったことに！　なかったことにしてください！　ご、ごめんなさい、変なこと言って……」

「分かりました、調べましょう」

「だ、だからお願い、嫌いにならないで……」

そう口にしてから、グレイスは目を瞬かせた。思わず顔を上げると、リアムが不思議そうな顔をしてこちらを見ている。

「……え？」

「わたしがグレイスを嫌いに？　まさか、そんなことあるわけがないではありませんか」

あまりにも信じられない言葉に、ぱちぱちと目を瞬いたからだろうか。眦《まなじり》に溜《た》まっていた涙が零《こぼ》れ落ちた。それを見たリアムが手袋を外し、涙を拭《ぬぐ》ってくれる。

それにくすぐったさを感じたが、なおのこと色々なことが信じられなかった。

「ど、どうして信じてくださるのですか……？」

「グレイスの言葉に嘘がないからですが」

（そ、それはそうだけれど……）

それならば、嘘がなければ信じてくれることになってしまう。そんなの、騙《だま》し放題だ。そしてリアムはそんなことで行動してくれるタイプではない。きちんとした裏付けと証拠があってようやく動く人だったはず。

それが顔に出ていたのだろう。リアムが笑った。

「もちろん、こんなこと簡単に引き受けたりはしません、グレイスだからこそです」

「……私が、とんでもない悪女だったらどうするんです」

「そのときは、わたしも一緒に悪人になりましょう。グレイスも前に言っていたではありませんか。『ずっと一緒にいましょうね』って。もしかしてあれも嘘ですか？」

「そ、そんなわけないじゃありませんか……！」

真剣な顔をしてそう言われ、グレイスは全力で否定した。

すると、リアムがぎゅっとグレイスを抱き締めた。

「信じているんです、グレイスのこと」

「っ！」

「信じているからこそ、どんなに突飛なことでも意味があると思っています。だから、理由は聞きません。……それに」

抱き締める力が強くなる。

「そんな話をしたのは、わたしに対してだけなのでしょう？　それは、この上ないくらいの信頼だとわたしは思います」

「っ、あ、当たり前です……リアム様ならなんでもできるって知ってるからですもん……」

「ふふ、そうですか。嬉《うれ》しいですね。……本当に嬉しいです」

その声がとても優しかったからか。グレイスはふと、あることを考えてしまった。

（……多分、私だけじゃ世界の強制力には敵《かな》わないけれど。けれど、リアム様がいれば）

そしてこれからも、リアムがグレイスの言うことを信じて、手伝ってくれたら。一人でなく他でもない、愛《いと》おしい人と共に戦えば、世界の強制力にも立ち向かえるのではないだろうか。そう思ってしまったのだ。

そしてグレイスは、その思いを抱えたまま口を開く。

「……リアムさま」

「どうしました、グレイス」

「もし、これからも私が変なことを言っても、信じてくださいますか？　リアムさまを、頼っても……いいですか……？」

「……グレイス」

「私独りじゃ、立ち向かえないかもしれないけれど。リアム様と一緒なら、きっと……みんな、たすけられるかもしれないから……」

「……グレイス、貴女は、いったい……」

最後のほうは混乱しきっていて、自分でももう何を言っているのか分からなくなっていた。

すると、緊張の糸が切れたのか。一気に眠気が押し寄せてきた。どうやらまだ、本調子ではなかったらしい。

「……グレイス？」

「……眠いです」

「疲れがどっと出たようですね。いい時間ですし、そろそろ休んでください」

「……いや」

「……グレイス？」

「やです。リアム様、行っちゃいや……」

過労のせいか、心が完全に弱っていた。その上、なんだかんだ互いに忙しい。朝と夜の食事はなるべく一緒に摂るように努力してくれていたが、そんなちょっとじゃ心は満たされないのだ。

ぐすぐすと泣きながら、グレイスはぼろぼろと本音をこぼした。

「リアム様が好き……好きなのに、どうして私はこんなになんにもできないの……っ？」

「……グレイス」

「はやくあなたのとなりにいてもいい、立派な女の人になりたい……！」

「貴女はもう、立派な女性ですよ。義姉上も、貴女の頑張りを褒めていました。むしろこんなにもやることが多くて大変だったのに、女官の仕事と淑女教育共々、よくやっていたと言っていました、わたしもそう思います」

グレイスはぶんぶんと首を横に振った。

「それは……」

「でも全然上手《うま》くないの……それに、家族のこと、ばかにされて……悔しくて……」

「要領がよくないから連絡も忘れて、ソフィア様にも心配かけちゃった……ごめんなさい……」

ぐるぐる、ぐるぐる。最近あった色々なことが頭の中で混じって、要領を得ない言葉ばかりがこぼれる。

「でも、またがんばるから……おねがい、リアムさま、もうすこしだけそばにいて……」

「……」

「あなたのそばに、いさせて」

そこまで言ってから、まるでスイッチが切れたかのようにふっと意識がなくなった。

だから。

「そばにいさせて、なんて、そんな言葉……言うべきなのは、わたしのほうなのに」

寝落ちする間際に聞いた泣きそうな声を、上手く聞くことができなかった。

それでも、繋《つな》いでくれた手も抱き締めてくれた腕も温かくて。グレイスはいつになく安心して、夢の中へ落ちていったのだ。

＊

リアム・クレスウェルは怒っていた。

それは誰に？　もちろん、自分自身に対してだ。

――まさかわたしの存在そのものが、グレイスにとっての脅威となるかもしれないとは。

想像もしなかったし、そんなこと思いたくなかった。

しかしシャルにすべての事情を打ち明けられてすぐにセオドアやコンラッドから話を聞きに行き、自分がいかにグレイスにとって危険な存在なのかを思い知らされた。

同時に、深く納得もしたのだ。

だって幼い頃から、言い知れぬおぞましさのようなものを自分自身に感じていたからだ。

これは、負の感情を強く抱くと膨れ上がる代物らしい。しかし実態は不明。それはそうだろう。基本的に、目撃者の情報によって得られたことから推測したものなのだから。

しかし。

『あ、あの！　私のそばを離れるなんて、絶対に言わないでください！』

『というより、何があっても私はそばを離れませんからね。これは絶対、絶対です。貴方がたとえ怒っていたとしても、それだけは聞けませんからっ！』

グレイスはそう、駄々をこねるように言った。それは、リアムがもしこの事実を知れば離れようとすることを分かっていたからだ。

そのことに、言い知れぬ喜びと自分自身への怒りが湧いてくる。

彼女はとっくの昔に、リアムに何があっても戦う覚悟をしていた。

しかしリアムは、覚悟したつもりになっていただけだったのだ。

だから。

リアムは、自分自身の闇と立ち向かうことを決めた。

そう、実態が分からないなら知ればいい。感情と同じだ。知らないでいること、それこそ心を蝕《むしば》む最大の悪だということを、リアムは知っている。ずっとそうやって、自分の中で生まれた負の感情を霧散させてきたからだ。

——そしてそう覚悟を決めたからこそ、彼はグレイスが目覚めた翌日の朝に、ある場所へと向かったのだ。


ヴァージル魔術学園。

リアムがここの敷地に入るのは、久しぶりだ。それこそ学生ぶりだと思う。卒業したのは確か十二歳のときだったはずなので、約十三年ぶりということになる。

――師匠に用があるときも、基本的に宮廷でやりとりをするか、魔導具を使ったり手紙でやりとりをしたりするだけでしたからね。

そう。彼が会いに来たのは魔術における恩師、クイン・ラスウェルだ。

どうやら学園の裏にある孤塔で待っているらしい。当時からクインが、一人で研究したいときに使っていた場所だ。記憶を頼りに進めば、懐かしい塔が見えた。

中にはこれでもかというくらい書物が置かれている。こんなにも魔術書をおいてあっただろうかと思っていたら、中から声がした。

「お、来たのか、リアム」

「ご無沙汰しております、師匠」

奥から出てきた金髪の恩師に、リアムは頭を下げた。彼女は笑いながら紅茶の用意をしてくれる。

「なぁに、アタシとお前さんの仲だ。もっと気楽にしなよ」

「はい」

「っと。世間話をしに来たんじゃないさね。――黒いもやの件だろ？」

「はい」

リアムがわざわざここに来た理由を、クインは言わずとも把握しているようだった。

――それもそうでしょうね。だってわたしが、彼女に「神力のこもったキャンディを中和する薬を作って欲しい」と頼んだときですら、魔導具越しでしたから。

ここにきたくなかった、というわけではない。ただリアムは、この場所に長くとどまり続けるこ

——真理を知ればきっと、この黒いもやについて分かるようになります。

そしてそれは、リアムが抱いている「グレイスのそばにい続けたい」という望みを叶《かな》えることにも繋がるのだ。だからそれを彼が躊躇《ためら》う理由はなかった。

「というわけで師匠。どうぞお付き合いいただけたらと思います」

「お前さんはねえ……なんでそんなに自信満々なんだい」

「何故と仰いますと」

「アタシは真理の一端に自力で触れたから免除されるが、お前さんは真理について知らないだろ。精神に異常をきたすかもしれないんだよ？」

きょとんと、リアムは目を丸くした。同時に、自身の偉大なる師でも分からないことがあるのか、と思い笑う。

「師匠。わたしは皇族ですよ。——皇族が自分自身のことを知って壊れるなど、あるわけがないではありませんか」

それはなんてことはない、しかし絶対なる確信を持って言えることだった。

——そもそも、真理とはなんなのか。

リアムはそれを、神について〝識《し》る〟ことだと考えている。そして。

「神の血を引く皇族が、真理を識ること。それは『元から知っていたことを思い出すこと』に他なりません。それを恐れる必要はないと、そうは思いませんか？　師匠」

そう当然のように言えば、クインは苦笑いを浮かべた。

「ほんと……お前さんの理解力の高さには、いつも驚かされるよ」

「そうでしょうか?」

リアムにとって、知ることはそう難しいことではない。だから彼にとってそれは重要なことではないのだ。

なら何に興味があるのか。そんなこと、決まっている。

――グレイス・ターナー。彼女以上にリアムが興味関心を寄せる対象はいない。

そしてそれは、彼女が口にした頼みごとに関してもそうだった。

『……皇后陛下のことを狙っている、不審者を探して欲しいんです』

『……義姉上のことを狙っている、ですか?』

『はい。男で、子爵位を賜っていて……婚約者がいるはずなんです。もしかしたらそんな人、いないかもしれないのですが……いえ、きっと、絶対にいるはずなんです。だから……』

グレイスはそう、疑われることを覚悟してリアムに頼んできた。その言葉に嘘がないことは、重々承知済みだ。

そしてダミアンに対して少なからず疑いを持っていたリアムは、それを聞いて気づいたのだ。彼女は、何か重大な秘密を隠していると。

だがそれを言えない。言いたくない理由がある。リアムからのお願いを断ってまで隠し事をするのはそのためだ。

何故そうまでして言わないのに、リアムを頼ろうとしてくれるのか。嫌われるかもしれないと怯《おび》えながらも、どうして何かをなそうとすることをやめないのか。

それはきっと、かすれながらも呟《つぶや》いたこの言葉にすべて、詰め込まれていたと思う。

『もし、これからも私が変なことを言っても、信じてくださいますか？　リアムさまを、頼っても……いいですか……？』

『……グレイス』

『私独りじゃ、立ち向かえないかもしれないけれど。リアム様と一緒なら、きっと……みんな、たすけられるかもしれないから……』

グレイスは、助けたいのだ。自分の大切なものを。

そして、自分だけではどうにもできないことを知っている。だからこそ悩んで苦しんで、そしてリアムを頼ろうとしているのだ。――リアムならば解決できると、信じているから。

それだけ信頼してくれているということに、この上ないぐらいの喜びを感じる。

そして、そのせいでリアムに嫌われるかもしれないと考えていながら、リアムを頼ろうとしているグレイスのいじらしさに愛おしさを感じる。

そのどうしようもないいちぐはぐさ。それに、リアムは強く興味を惹《ひ》かれるのだ。

それがリアムにとっての『運命の伴侶』ならば、きっと神は彼のことをよく熟知しているのだろう。ありがたい話だ。

そんな気持ちが表に出ていたのか、クインが紅茶を飲みながら呆《あき》れ顔《がお》を見せた。

「あ、今グレイスのことを考えていただろ？」

「そんなにも露骨でしたか？」

「ああ。ったく、好きな女に関してはこんなにも分かりやすいのに……」

そうぼやき、クインは自棄《やけ》になったように角砂糖を数個鷲掴《わしづか》みにすると、口の中に放り込む。相変わらず豪快なことだ。

しかし本来の目的は無事に達成した。本当ならばこの辺りで去ってもいいのだが、二つほど気になっていることがある。

そのため、リアムはここで聞いてしまおうと思い口を開いた。

「師匠」

「なんだい？」

「以前頼んでいた、薬の件はどうなっていますか？」

「ああ、あれね。正直に言うなら、現状で解毒剤を作るのは無理だ」

師がここまではっきりと断言するのが珍しくて、リアムは目を瞬かせた。

「それはまたどうしてでしょう？」

「簡単だよ。これの効果で洗脳された人間を正気に戻すには、魔力と神力両面からのアプローチが必要なんだ。しかも量の調節が難しい」

「……なるほど、そうなると確かに、難しいですね」

帝国民であれば、魔力も神力もその気になれば使える。しかしそういった人物がほとんどいないのは、それくらいそれぞれを習熟させるためには時間と労力、そしてセンスが必要とされることだからだ。

「つまり現状、もし対策をするのであれば、魔術師と神官が協力して力を注ぎ込むしかないというわけですね」

「ああ。だがそんだけ息を揃えてやるとなると、そもそも保有する魔力量と神力量がほぼ同じじゃなきゃいけない。その上である程度仲が良くないと……ってなると、まあ条件はかなり絞られるね」

「となりますと、師匠とエリソン大司教であれば可能、ということですね」

「……いやいやいやいやいや。確かに、理論上は可能だろうけど！」

クインは、声を上ずらせながら慌てた。

「精神に関係することだから、やりようによっちゃ廃人になるからね!?　さすがに検証できてないことに関してハイハイなんて言えないよ!?」

にこりと、リアムは笑顔でそれを流した。だがいいことを聞いたとも思う。クインとコンラッドさえ揃えば、最悪の事態には備えられそうだ。

――それにこの件に関しては……アリア・アボットのほうがよい結果を出してくれそうです。

彼女が率先して行なっているのは、グレイスを治療することだ。だから神術における治療術はマスターしていたし、魔術学園に通い始めてからもそちら方面を中心に習熟していると、彼女からの報告書という名の手紙が届くので知っている。

そしてそんな魔術にも神術にも優れた才能を発揮する人間は、リアムが知る限りだとアリアしかいなかった。

その上リアムが後見人を務めているとなれば、目立つ。優秀な若者が大好きなクインが目をつけていないわけがないが、一応伝えておくことにした。

「師匠。次からはこの件にアリア・アボットを関わらせてください」

「どうしてだい？」

「彼女が、神力も魔力も両方使える優秀な人材だからです」

「なぁるほどね。了解、本人に聞いてみるよ」

「グレイスの名前を出せば乗りますよ。彼女ならば」

「確かに。アリアは相当、グレイスに対してご執心みたいだからねぇ」

その口ぶりから、クインがアリアとグレイスの関係を把握していることが窺える。

ただそれを聞いて喜べるほど、リアムは心が広くない。そのため、いつもよりワントーン声が低くなってしまった。

「……正直、わたしとしては大変気に食わない気持ちですが、グレイスのためですからね。それにアリア・アボットが使えるのも、グレイスに気に入られているのも事実ですし」

「……お前さん、そんな顔もできたんだね……人間らしくなったのは嬉しいけど、束縛しすぎるんじゃないよ……？」

そんなこと、リアムが一番よく分かっているのだ。余計なお節介だと思う。

リアムをドン引きした様子で見るクインをおいて、リアムはもう一つの質問をした。

「それで師匠。師匠はいったいどんな真理の一端に触れてしまったのですか？」

この弟子は。そんな顔をしてから、しかしそれを言ったところで諦めるような性格でないことを分かっていたのだろう。クインはため息をこぼしてから言った。

「……別に、知りたくて知ったわけじゃないよ。ただこの学園で理事長をしていて、気づいちまったのさ。——この学園の地下には、不気味な魔力を持った何かがいるってね」

「……それは」

「聡《さと》いお前さんなら気づいただろ。そう、お前さんが持っている黒いもやにそっくりな性質の何かだ。そしてそれがなんなのか、アタシは気づいた。それが真理の一端に触れちまった理由さね」

リアムは、クインを見た。

「それは一体、なんなのですか」

クインは、リアムの視線を真正面から受け止めて言う。

「夫婦神、その母神には、双子の兄がいる。——兄神、デュディス。その亡骸《なきがら》が、この学園の地下に封印されているんだ」

それを聞き、リアムは自身が学園に来たくない理由を悟った。

——ああ、それはつまり、この身には、きっと。

だが断言はしない。確証は、まだないのだから。

そう思ったリアムは、微笑む。

「それは、また面白くなりそうですね」

——そうしてリアムの体を調べるという名の、真理への探究は始まったのだ。

五章

翌日。

起きたグレイスは、やらかしてしまったことを思って頭を抱えていた。

（昨日の私、なんかリアム様に対してとっても変なこと言わなかった……？　いや、言ったわね!?）

こういうとき、どうして記憶ってなくならないのだろうかと思う。

（どうして……どうしてあんな情けない弱音をはいてしまったの……！）

しかも問題なのは、寝る前辺りの記憶がかなりあいまいだという点だ。その上、何やら相当愚かなことを伝えてしまったような気がする。正直、今心にあるのは後悔だけだ。

（いや、本当にちょっと待って……はいた弱音を覚えているのも恥ずかしいけれど、覚えていないのも大問題だわ……）

本当に変なことを言っていて、それによりリアムに疑われることになったらどうしよう。

そしてそのせいで、今後の展開がグレイスにとって悪いものになったらどうしよう。

そんな感情がこみ上げてくる。

だがいくら後悔しようと、言ってしまったものは仕方がない。だからグレイスはひとまず、忘れることにした。

要は、現実逃避である。

しかしこの件を気にし続けていたら私生活に支障が出るのだから、仕方がない。それにリアムが何も言ってこない以上、グレイスがくよくよしている暇はないのだ。

そんな中、寝室にエブリンがやってくる。彼女は、とても困った顔をしていた。

「どうしたの、エブリン？」

思わず聞けば、エブリンは躊躇《ためら》いながらも口を開く。

「そ、の。ケプロン嬢が、お見舞いにいらっしゃいました……」


「あら、過労で倒れたと聞いておりましたが、顔色は悪くないのではありませんか」

第一声でそう言ったパトリシアは、エブリンに花束を渡した。春の花にしてはなんだか濃い色が多くて、センスがない。着ているドレスを見てもパトリシアはセンスがいいと思っていたのに、意外だ。しかし見舞い品を邪険に扱うわけにもいかず、花瓶に入れて寝室に飾るようにエブリンに言っておく。

（……いや、それよりも何故《なぜ》、ケプロン嬢が私のお見舞いに……）

ベッドの上におかれたクッションにもたれながら、グレイスはそんな疑問を浮かべる。

もしかして今日、おすすめの詩集を教えてもらう約束をしたからだろうか。しかしあの件に関しては、リアムが代筆で手紙を書いてくれていたはず。なのでわざわざ来てくれた以上、何かあると踏んだのだが。

そう慎重にパトリシアの様子を窺《うかが》っていたら、彼女がカバンから何かを取り出す。

それは、一冊の詩集だった。

明らかに何度も読まれた形跡のあるそれを、グレイスはおそるおそる受け取る。

「これは……？」

「頼まれていたおすすめの詩集ですわ。わたくしのお下がりで申し訳ないですけれど、よろしければ使ってくださいな」

「え、そんな大切なものを……」

「……どうして大切に扱っていると分かるのですか」

（どうしてって……）

グレイスは目を瞬かせてから、詩集に触れた。

「だってこの詩集、何度も修繕されていますよね？」

そう、パトリシアの渡してきた詩集は、何度も読んだ跡と同時に、何度も修繕した跡が残されていた。

（うちは貧乏だったから書物はとても大切に扱っていたけど、修繕作業は本当に地味で大変だった）

欠けてしまった表紙の角を裏から紙を張って補強したり、背表紙が壊れてしまったのを新たに紙を貼ってくっつけたり。ほどけた糸を縫い直す作業なんか本当に大変で、不格好に出来上がってしまったこともある。だがその分、修繕した書物に対してより深い愛情が湧いたものだ。

そしてパトリシアが持ってきた詩集にも、同様の温かみを感じる。それは、買い直すなんて方法じゃ絶対に出てこない。

(というより、私がした修繕よりも全然綺麗《きれい》ね……)

詩集を改めてまじまじと見つめ、グレイスは思った。きっとパトリシアはさぞ器用なのだろう。

ただ眺めていて、気づいた。

(……ん？　んん……!?)

パトリシアの顔を見て、グレイスは言った。

「あの、ケプロン嬢。これは貴女《あなた》がご自分で修繕されたのですか……？」

「ええ、そうですけれど、それがどうかしましたの？」

「……これ、どうやって修繕したのです？」

修繕の跡は見られる。見られるのだ。

しかし、これはあまりにも綺麗すぎる。まるで、もともとあったものを伸ばして整えたような。

そんなこと、あるはずがないのに。

だがパトリシアはあろうことか、衝撃的なことを言う。

「簡単ですわ、魔術を使いましたの」

「魔術？……魔術!?」

「……できますでしょう？」

「……つかぬことお伺いしますが、どのように……？」

好奇心に負けたグレイスが聞くと、パトリシアは何か布はないかと言ってきた。

エブリンに布を用意してもらったグレイスは、それを彼女に渡す。

するとそれを乱暴に引き裂いたパトリシアが、指先から糸のようなものを出した。魔力だ。

彼女はそれを引き裂かれた布の糸と同じくらい細く伸ばし、まるで縫うように一つ一つ直していく。それがあまりにも早業で、グレイスは呆気《あっけ》に取られてしまった。

「……はい、これで完成です」

そうしてものの数分で出来上がったものを渡されたグレイスは、おそるおそる繋《つな》がれた部分に触れる。

そうしたら、あろうことか触ることができたのだ！　グレイスは、魔力のあるものに触ることができないはずなのに！

（え？　つまりこれ、魔術は魔術でもきちんと物質として実体化してるってことですか!?）

まったくわけが分からないが、そんな技術あるのだろうか。思わず疑いの目を向けたが、彼女は何のことだか本気で分からないという顔をしている。

グレイスはドン引きした。

パトリシアは確か、魔術学園に通っていない。魔力が少なかったからだ。

それなのに魔術を使ったということは、独学で習得したということで。

天才の中には、環境における不平等をものともしない人間がいるという話を聞いたことがあったが、まさかこんなにも身近でそういう存在に出会うことになろうとは。恐ろしい話である。

グレイスは魔術に関しては知識がないため詳しい原理は分からないが、彼女がしていることが恐ろしく緻密で、かつ人間業をはるかに超えている魔術であることくらいは分かる。

ただ気になるのは、その才能に誰も――それも本人でさえ気づいていない点だろうか。

瞬間、グレイスの脳裏にある情報が浮かび上がってくる。

それは、『亡国の聖花《せいか》』に登場した一人の女魔術師の存在だった。

（いや待って……まったく気づかなかったけれど、ケプロン嬢ってもしかして『亡国の聖花』で出てきた『魔術書修復師』!?）

魔術書修復師。それはその名の通り、魔術書の修復を請け負う専門の職業だ。本来は存在しなかった職業を作り上げたのは、クインに見出《みいだ》された一人の平民の少女だったとされている。そしてその少女の名は、パトリシアだった。

（待って、つまり小説内で、ケプロン嬢は没落して平民になったってこと!?）

衝撃的な展開だ。何より自分がそれに気づけなかったことが信じられない。

（いやだって小説内のパトリシアは髪が短くて、いつもフードを被《かぶ》って陰気そうにしていたし……そりゃ今とまったく違うのだから、気づけるわけないいじゃない!?）

そう自分で自分にツッコミを入れつつ、グレイスはひとまずこの情報を頭の隅に追いやることにする。でないととてもではないがまともな対応を取れそうにない。

気を取り直したグレイスはそこをさらりと流して布をエブリンに言って片付けさせ、にこりと笑みを浮かべた。

「詩集、ありがとうございます、ケプロン嬢。使い終わりましたら、必ずお返ししますね」

「……いいえ、貴女さえよろしければ、お譲りいたしますわ」

「え？」

「……ごめんなさい、これから婚約者と会うことになっておりますの。ですのでお暇《いとま》させていただきますわ」

「は、はい……ありがとうございます」

グレイスに顔を見せることなく退散するパトリシアに、グレイスは呆気に取られてしまった。

なんとなく様子がおかしい気もしたが、これから会うのが婚約者だからだろうか。なんだか釈然としない気持ちでベッドから立ち上がろうとしたら、するりと何かに足を取られる。

『なーに出歩こうとしてるのよ、このポンコツ！』

「シャ、シャル様!?」

その相手は、まさかのシャルだった。

ぷりぷりと大変お冠な彼女は、ぐにぐにと肉球でグレイスの足を押した。どうやら絶対にベッドから出さないという方針のようだ。過労は治癒魔術でも神術でもどうにもできないらしいのが、彼女の癪《しゃく》に障ったらしい。

「うーん、でも体がなまっちゃう……」

『……分かったわ。なら大きくなった状態のあたしが、一緒に寝てあげる』

「え!?」

『あんたのことはよぉく分かってんのよ。動物が大好きだってね！』

（ば、ばれている……！）

きちんと隠していたつもりだったのに、不覚だ。

その上でシャルはさらに追い打ちをかけてきた。

『もしそれでも休まないって言うのなら、温室にいる神獣にも声をかけてあんたをもふもふにしてあげる！』

「は、はう!?　もふもふパラダイス……!?」

完敗だ、ノックアウトである。グレイスは病人とは思えない速さでベッドに寝転んだ。

「寝ます！　なのでもふもふをください……！」

『……今、こんなのと契約してよかったのか、本気で考えているわ』

なかなかに辛辣なことを言われたが、今は気にならない。

だって夢のもふもふパラダイスだ。そんな中で眠れるなんて、最高以外の何物でもない。

そんなわけでグレイスは見事シャルの術中にはまり、ベッドの上で心ゆくまで、もふもふを堪能《たんのう》したのだった。

——そうしてグレイスが寝たのを確認したシャルは、むくりと起き上がった。

そしてパトリシアが持ってきた花束が飾られた花瓶に近づく。

『……やっぱりこれ、前にグレイスが食べたキャンディと同じものだわ』

つまり、神力が込められたものだ。

問題は、これが以前のものとは比べ物にならないほど強い神力を内包しているということ。そしてまるでお香のように湧き立ち、部屋に充満していっているということだった。

人間が何を考えているかなどシャルにとってはどうでもいいが、これがグレイスを洗脳するために贈られたものであることは分かる。

『ほんと、人間が考えることってろくでもないわね』

そうぼやき、シャルは他の神獣に言ってそれをエブリンに片付けさせるように伝えてもらうことにした。

ただ捨てたら証拠というものがなくなってしまうのでどこか別の部屋に置き、決して入らないようにと伝える。

その上でシャルはできる神獣なので、その花瓶に結界を張っておいた。これならエブリンにも害はないだろう。

そしてもう一匹に、リアムになるべく早く帰ってきてほしいという伝言を伝えてもらう。

『まったく……どいつもこいつも、あたしの契約者に手出ししようとして。邪魔なのよ』

そう悪態をつき、シャルは機嫌悪そうに尻尾を振った。しかし近くでグレイスが寝ていることを思い出し、なんとかこらえる。

肝心のグレイスは、いつになく幸せそうに眠っていた。それを見て、シャルは呆《あき》れたように笑う。

『まったく、危険な目に遭ってるのに、呑気《のんき》なものね』

でも本来、そうあるべきなのだ。それなのにそれを乱したあの女を、シャルは許さない。

前回の件を踏まえて、シャルは悪意がなかろうとグレイスに近づく人間すべてを警戒してきた。

そして今回のパトリシアにも、悪意はなかったのだ。だが警戒を怠らなかった。

そうしたら、これである。

ほんと腹立つわ。

そう思いながら。シャルはリアムが帰ってくるまで、グレイスのことを守り続けたのである――

＊

パトリシア・ケプロンは昔から、とても厳しく育てられた。それは彼女が由緒正しいケプロン伯爵家の娘だったからだ。

秒刻みの予定、淑女として必要な礼儀作法、知識。

それらを身につけることは当たり前とされていたから、パトリシアもそれを当然のものとして受け入れた。

だけれど、否《いな》、だからこそ、逃げ場を求めた。それが書物だ。

書物が好きだ。

その小さな紙の束に、様々な人の知識や歴史、思いが綴《つづ》られているのが好きだ。

この両手で抱えられるほどの大きさのものに、一体どれほどの重みがあるのか。それはまるで夢のようで、パトリシアの息苦しいばかりの日々を癒してくれたのだ。

だからか、家に置いてある書物には何でも手を出した。それが魔術書だったとしても、だ。

そのため、気づいたときには魔術をなんとなく理解していた。まあ、才能はなかったため魔術学園に通わせてもらえはしなかったのだが。

だから彼女が魔術を使うときはいつだって、大切な書物を直すときだった。

パトリシアからしてみると、物質は大抵が細かな糸で作られている。あとはイメージをきちんと持ち、ほつれたところを直す。もしくは伸ばして同じ物質を模倣し、同質のものを付け足す。それは、淑女教育としては当たり前の刺繍《ししゅう》をする工程と何も変わらなかった。

そうして修繕した書物は、前よりも温かみがあって彼女の手によくなじんだ。書物は彼女にとって夢のような美しいものだったが、そうすることでより愛《いと》おしさを感じられた。

その瞬間が、パトリシアは何より好きだった。

――だから幼い頃、目の前で父が小説を引き裂いたとき、何が起きたか理解できなかった。

『誰がこんな、低俗なものを読んでいいと言った!?』

書物に低俗なんていうものがあることを、パトリシアは初めて知った。何を言っているのだろう、これはとても美しいものなのに。

だから小説だけを取り上げられることに納得できず、パトリシアは初めて両親に反抗した。

その後は仲が良かった兄の協力もあり家の中だけであったが、彼女はなんとか安住の地を守ったのである。

ただそれから、色々なものが壊れていくのを見た。

見栄《みえ》ばかり張って商売や勤労を低俗なものと見た両親は、周りの変化についていけずにどんどん資金を失っていった。しかし、権力を維持するならお金は必須。

だから、借金までして両親は見栄を張り続けた。

そして最終的に、パトリシアを嫁に出すことで嫁ぎ先から資金援助を得ることになったのだ。

——お父様とお母様にとって、借金も自分よりも格下の貴族と娘を政略結婚させることも、『低俗』なことではないのですね。

パトリシアにとってそれは、低俗以外の何物でもないのに。

そう思った瞬間、何もかもが馬鹿馬鹿しくなって、パトリシアはすべてを諦めた。

——だって、政略結婚なんて所詮、そんなものですもの。

お互いがお互いの利益のために、子どもを使って縁を作る。

利害の一致というものだ。そこにパトリシアの意思はない。

ただ彼女にだって人並みに、両親への愛も、なんだかんだと味方についてくれた兄への情もある。

だから受け入れたのに。

グレイス・ターナーが現れたのだ。

彼女は子爵令嬢でありながら、公爵であり皇族でもあるリアムと婚約を結んだ。

貴族社会において、皇族との結婚は幸福なものだと言われている。

それは彼らが神の血を継いでいるからというのもあるが、お互いが想《おも》い合って結ばれる運命だと知っているからだ。

だって、そういう姿を貴族たちは目にしてきたのだから。

だからグレイスの存在は、パトリシアの中にあった憧れや常識、諦めをぐちゃぐちゃに壊して、憎しみに変えた。そうして敵だと認識し、攻撃するようになったのだ。

……今思えばそれはとても愚かなことだったと思う。

——だって彼女は、わたくしがお会いしたどんな方よりも真摯で真っすぐでしたもの……。

パトリシアがそれを自覚したのは、グレイスと書店で遭遇したときだった。

あんなに低俗なものだとパトリシアが言っていた小説を読んでいることを、グレイスは馬鹿にしなかった。

かといって憐《あわ》れんだりもしなかった。それどころか、厚かましくおすすめの詩集を教えて欲しいとお願いしてきた。

それも今回のことを利用するのではなく、ただのお願い。

かといって別に駆け引きができないわけではない。だってパトリシアが彼女の世話係になったのは、その駆け引きに負けたからだ。

それはつまり、この場でのことはもう、彼女の中で『言わないこと』として決められているということで。

それを見た瞬間、もう勝てないと悟ったのだ。

——クレスウェル公爵閣下が惹《ひ》かれた理由も、よく分かりますわ。

だからもう、グレイスを見るのはやめよう。彼女に嫉妬するのはよそう。そう誓ったのに。

グレイスから代筆で『倒れたので明日の約束を取り止《や》めたい』という旨が書かれた手紙を受け取ったとき、それは起きた。

「……パトリシア。お前、ターナー嬢と手紙のやりとりまでしていたのか？」

前日にケプロン邸に訪問していた婚約者、ダミアン・ギブズが、手紙を見てそう言ってきたのである。

パトリシアは怪訝《けげん》な顔をした。

「それがどうかしましたの？」

この男が他の女性を想っていることなど、パトリシアでなくとも知っている。それでも父が彼女を嫁がせたのは、それだけ資金難だったからだろう。

娘の尊厳は奪われてもいいのに、家格が失われることは耐えられないなんて。滑稽な話だ。

そう思うが、蝶《ちょう》よ花よと育てられてきた自分がこの箱庭から出て一人の足で立っていられるだけの何かを持っているかと言われると、首を横に振るしかない。

無力だ。何もかも。

そう陰鬱な気持ちになっていると、ダミアンがにやりと笑う。

「ならお前、見舞いに行け」

「……は？　何を仰《おつしや》ってますの？」

「断れる立場だと思ってるのか？　断れば婚約はなかったことにするぞ？」

「……」

「返事は？」

明らかにこちらを見下した物言いに、苛立《いらだ》ちがこみ上げる。

しかしここで下手に揉《も》めても、パトリシアにとっていいことは何もなかった。それもあり、頷《うなず》く。

「……分かりました」

「そうそう、お前は俺の命令に従えばいいんだよ」

悔しい。

だがそれ以上に、底が知れなくて気持ちが悪い。

婚約したばかりの頃から様子がおかしかったが、最近は特にそうだ。何かぶつぶつ言いながら考え事をしていることが増え、パトリシアのこともどんどん物のように扱い始めた。また彼の使用人が言うには、どこかの領地を買い取ったらしい。

そこで花を育てていると聞いたが、それで何をするのかは知らなかった。聞いたところで答えてくれるはずもない。だってダミアンにとってパトリシアは、「その歳《とし》にもなって独り身なんて」と周囲から白い目で見られないために必要な、都合のいい道具でしかないのだから。

そしてそんな男に逆らえないのも。下手に逆らえば父から罵声を浴びせられ、もっと媚《こ》びることはできないのかと怒られることも分かっていた。

だから、ダミアンから花束を預かって見舞いに行くことにしたのだ。正直言って選んだ花が季節感や流行色を無視したものだったために投げ捨てたい気持ちでいっぱいだったが、そこはぐっとこらえた。

ただそれからもずっと、嫌な予感がしている。

だからパトリシアは、グレイスに詩集を渡してからすぐさま、屋敷に戻ったのだ。

そうして戻った屋敷に、ダミアンはいた。

それも使用人から聞いたところ、パトリシアの聖地である書庫にいるという。

——あんな男をわたくしの大切な場所に通すだなんて……！　お母様もどうかしているわ！

そう息を切らして悪態をつきつつ、パトリシアは書庫の扉を開ける。

そこには、つまらなそうな顔をして抜き出した書物の一冊を眺めるダミアンの姿があった。

パトリシアがそれを奪うと、ダミアンは驚いた顔をして彼女を見る。

「なんだ、帰ってくるのが早いな」

「当たり前でしょう！　相手は病人でしてよ!?」

「ふうん。それで、花束は渡したのか？」

そう問われ、パトリシアはため息をこぼした。

「……渡しましたわ。それがどうかしましたの」

そう告げた瞬間、ダミアンの表情が一変する。

「ならこれでお前も、犯罪者だな」

「……は？」

何を、言っているのだろう。たかが花束を渡したくらいで。

そんなパトリシアを嘲笑《あざわら》うように、ダミアンが彼女の顔を掴《つか》んだ。

「だから。あの花には、人を洗脳する効果があるのさ。そんなものが部屋にあれば、グレイス・ターナーは俺の操り人形になる」

「な、なにをいって……」

「しかもあいつは皇后の女官だ！　上手《うま》くいけばミューズを俺のものにできる。本当は皇女も一緒に欲しかったんだが……分け前ってものがあるからな。仕方ない」

そこで、パトリシアは気づいた。この男の想い人が、皇后ソフィアであることに。

そして彼が、グレイスを使ってソフィアとエリアナの誘拐を企《たくら》んでいるということに。

それに関しては、さすがのパトリシアも黙っていられなかった。

「貴方《あなた》、皇后陛下と第一皇女殿下になんてことを……！　恥を知りなさい！」

パァンッ！

瞬間、頰に痛みが走る。

ダミアンに殴られたのだと気づいたのは、自分が床に倒れ込んだときだった。

——え、わたくしは今、殴られたの……？

生まれてこの方、叱られたことはあっても殴られたことはなかった。それもあり衝撃が抜けないでいると、ダミアンがパトリシアの髪を摑む。

「い、痛い！」

「馬鹿な女だな、グレイス・ターナーに花束を渡した時点で、お前は俺の仲間になったんだよ」

そう言われ、自身が気づかないうちに皇族誘拐のほう助をしていたことを知ってガタガタと震える。そんなパトリシアを見て、ダミアンは嗤《わら》った。

「なんだ、ようやく自分の立場が分かったんだな。——そう、お前は越えてはいけない一線を越えちまったんだよ」

「そ、そんなことはして……」

「なら婚約解消するか？　そうしたら今度は借金で首が回らなくなって没落だな！　きっとあの親《お》父《じ》なら、お前を娼館《しょうかん》にでも売るだろうよ！　顔はいいんだから、金にはなるだろ？」

首を横に振りながら涙をこぼすパトリシアの心にとどめを刺すかのように、ダミアンが持っていた書物を真っ二つに切り裂く。

目の前で大切なものが壊されていくのを見た瞬間、パトリシアは現実を直視して絶望した。

「い、いや……」

「大丈夫、お前にはまだ使い道がある。そのままグレイス・ターナーについて、あの女を操る役割を果たせ。そうしたら、きちんと金は払ってやるよ。嫌いな女を利用するだけで家族を守れるんだ、こんなに簡単なことはないだろ？」

「いやよ、いや……っ」

「……チッ、めんどくせえな。本当はお前みたいなプライドの高いお高くとまった女が、絶望しながらも俺に従うしかないっていう状況を楽しみたかったんだが……使い物にならないようじゃ仕方がない」

そんな言葉と共にダミアンは何かを布に含ませ、それをパトリシアの口元に押し当てた。

鼻も含めて塞がれ、逃れることができない。

じたばたと暴れたが、きつい花の香りを吸い込んだ瞬間、頭の芯がぼうっとして体と心が一枚の壁で隔てられたような、そんな不気味な状態に陥った。

そんなパトリシアを見て、ダミアンはにやりと笑う。

「パトリシア。これからお前の主人は俺だ。お前は俺の命令に忠実に従う奴隷だ、いいな？」

「はい」

「馬鹿が、返事は『はい、ご主人様』だ」

「申し訳ございませんでした。ご主人様」

「そうだ、それでいい」

——な……これは一体どういうことなの……。

そんなこと、言うはずないのに。自分の体が勝手にそう口にする。それを、パトリシアはどこか俯瞰《ふかん》した状態で呆然《ぼうぜん》と見ていた。

一方のダミアンは、そんなパトリシアにつまらなそうな目を向けている。

「んーやっぱりこの方法で従わせるのは楽しくないな。……まあでも、花を香水にしたときどれくらいの洗脳効果が期待できるのかっていう実験にはなったか。成分を抽出するからか、花を渡したときよりも効果が絶大だな。——データを渡せば、あいつも喜びそうだ」

そんな理解できない言葉をはきながら、ダミアンは片手間にパトリシアへ命令を下す。

「パトリシア。お前はグレイス・ターナーのそばにいろ。そしてあの女を操り、リアム・クレスウェルの生誕祝いの夜会が終わった後に、俺を宮廷内に入れるよう手引きさせるんだ。いいな？」

「はい、ご主人様」

「それまでは、会いに行くたびに花を渡せ。そうすればお前に会ったときに刷り込みが起きて、洗脳が効きやすくなるからな。作戦当日に動きやすくなる」

「はい、ご主人様」

「ああ、お前も毎日、この香を焚《た》いて寝ろよ？　洗脳効果が持続する」

「はい、ご主人様」

そんなパトリシアを見て、ダミアンは下卑た笑みを浮かべる。

「自分で自分の洗脳効果を持続させるのは、さすがに面白いな。自分で出したアイディアだったが、高飛車な女を分からせるのとはまた違った意味で愉快だ。こういう使い道もあるのか……いいな」

——やめて、やめてやめてやめてやめてやめて。

心は否定しているのに、体が勝手にダミアンの言うことを聞いてしまう。そのことに、パトリシアは言い知れぬ恐怖を感じた。

それなのに、そんなときに浮かんだのはグレイスの顔で。

『それにケプロン嬢は他の方々と違い、私の不手際は咎《とが》めても、リアム様や私の家族を貶《おとし》めたりはしませんでしたから』

『それは、当然でしょう』

『ふふ。他の方々はなさっていますから。私としてはそれをなさらないで、面と向かって指摘してくださるケプロン嬢のほうが好きなのです』

そして思い浮かんだのは、ティールームでの一件だった。

好きだと。そしてパトリシアが大切にしているものを秘密にしてくれた人を。彼女が譲った詩集をとても大切そうに触れてくれた人を。パトリシアは、利用した。故意でなかったとしても、だ。

何より自分は、尊敬し本来であれば守るべき皇族に害を及ぼすための手助けをしてしまった。それは到底、許されるべきことではない。

——でも、だけれど。わたくしは、どうしたら……。

そういくら嘆いても、助けてくれる人はどこにもいないのだ——

＊

パトリシアが見舞いに来た翌日。

目覚めたグレイスは、シャルやリアムだけでなく、コンラッドやクインまでもが屋敷にいることを聞かされ、何がなんだか分からなくなっていた。

とりあえずエブリンに促されるまま支度をして客間に向かったが、釈然としない。

こういうのを、浦島太郎現象というのだろうか。おかしい、たった一日だったのに。

そう思っていたが、パトリシアが持ってきた花を見せられてさらにわけが分からなくなってしまった。

「グレイス。これが何か分かりますか？」

リアムにそう聞かれたグレイスは、こくりと頷いた。

「ええっと、ケプロン嬢がお見舞いにと持ってきた花束……ですよね？」

「はい。そしてこれには、以前グレイスが舐《な》めたキャンディと同じように、神力が込められていました」

「え」

「それも、あの日より量も質もすさまじい。これを半日部屋に置けば、そこで過ごす人間を瞬時に洗脳できるでしょうね」

とんでもないことを聞かされ、開いた口が塞がらない。

何より信じられなかったのは、それを渡してきたのがパトリシアであることだった。

グレイスはおそるおそる口を開く。

「その。何かの間違いということはありませんか……？」

「どうしてですか、グレイス」

「いえだって、ケプロン嬢ですよ？　確かに彼女がどうして見舞いに来たのか、私も気にはなりましたが……そんな回りくどいことをする方ではないと思うんです」

するとリアムが、目を細める。

「彼女はそうかもしれませんが、彼女の婚約者であるダミアン・ギブズであれば、そのような行動を取っても不思議ではありません。彼の想い人というのはどうやら、義姉上《あねうえ》の可能性が高いので」

「……は？　ソフィア様に懸想、ですかっ？」

それを聞き、グレイスは呆気に取られる。

（え、待って？　私がリアム様に『皇后陛下に懸想している人を探して欲しい』って頼んでから一日しか経《た》ってないわよね!?　それでもう探し出したって言うの!?）

色々と展開が速すぎてついていけない。しかしダミアンが、グレイスが探していた『婚約者がいて、子爵で、ソフィアに恋愛感情を抱いている』というものにぴったり符合することは事実である。

そんなグレイスの混乱をよそに、リアムは続けた。

「はい。彼には財力もありますし、この花を栽培していたとしても不思議ではありません。そしてグレイスの洗脳に成功すれば、義姉上の下へ気軽に向かえます。貴女にはそれだけの力がありますから。何よりケプロン嬢は、そんな婚約者の頼みを断れるような立場にありません。金で買われたようなものですからね」

うーんと、グレイスは唸《うな》った。

（そうは言っても、今のままだと目的が分からないし……）

そう思ったグレイスは、一つ質問をする。

「気になっていたのですが、この洗脳による効果ってどれくらい持続するものなのですか？」

「それに関しては、アタシが答えようかね。諸々《もろもろ》について調べているのはアタシだし」

そう言うのはクインだ。

「色々試してみたけど、神力による洗脳の持続時間は、付与した物によるね。キャンディは弱く長く。この花は効き目が強いが、持続時間はあんまりって感じだね。ただ事前に何回か洗脳を行なえばその分、相手をより意のままに操ることはできるかもしれない。刷り込みってやつだね。今回花束を贈ったのは、そういう理由じゃないかねえ」

「……つまりそれは、またこの花束を贈ってくる可能性が高いということですよね？　ならばそのときに捕まえて、事情を聞くのが手っ取り早いのではありませんか？」

そう言えば、リアムは笑みを深めた。

「つまりグレイスはまた、自分を囮《おとり》にしてくれと。そう仰るのですか」

「い、いやいやいやいや」

リアムが何やら「グレイスがまた自己犠牲をするつもりだ」と言いたげな顔をしているが、それとこれとは話が別だと言いたい。

「だってこの犯人が何をするために私を洗脳しようとしているのか、まだ情報は出揃《でそろ》っていませんよね？　その上で向こうがこちらに接触してくる可能性が高いのであれば、準備をして待ち構えるほうが楽ではありませんか。それに今回のことが事実であれば、皇帝陛下のお耳に入れなければならないほどの重大事項ですし」

「ですが、それによってグレイスの身に危険が及ぶ可能性があることも事実ですよね」

「だってリアム様ですもの。守ってくださるではありませんか」

少しむくれながら言えば、にやにやとクインが笑う。

「だってさ、リアム様。ここまで言われちゃあ、やるしかないね？」

「……」

「というより色々言ってたけど、過労になるくらい忙しかったグレイスに頼ってもらえなかったことを拗《す》ねてるだけだろ。この子の言い分のほうが正しいんだから、意地を張ってないで諦めな」

「……師匠、その言い方はひどいではありませんか」

リアムがそっぽを向くのを見て、グレイスは目を瞬かせる。

（え、待って？　拗ねてる？　リアム様が拗ねてるの？　え、かわいい……）

だめだ、リアムに関してのことは、なんでもかわいく見えてきた。目が曇っている自覚がある。

グレイスは慌てて首を振り、誤魔化す。

それに。

（ケプロン嬢は、小説内では『魔術書修復師』として名を馳《は》せることになる唯一無二の魔術師よ。彼女がこの件に関わっているのであれば、取り返しがつかないことになる前に止めないと……）

何より、なんだか嫌な予感がするのだ。だって、グレイスの予感が正しければ、パトリシアが巻き込まれたのは――

脳裏に浮かんだ考えを、グレイスはすぐさま打ち消した。結論を出すのは早計だ。これについて考えるのは、またあとでもいい。

＊

そしてその機会は、一週間後にやってきた。パトリシアから訪問したいという連絡があったのだ。リアムの生誕を祝う夜会まで二週間を切っていたのでドキドキしたが、向こうから接触してきたのであればこちらのものだ。グレイスはすぐさまリアムに連絡し、コンラッドやクインにも待機してもらう。

それ以外の準備も万全だ。シャルはグレイスの膝の上で警戒しているし、客間には魔導具を設置して会話を盗聴、録音できるようにした。それらはとなりの部屋で待機しているリアム、コンラッド、クインに届くようになっている。

もうどちらが犯罪者なのか分からなくなってくるが、相手を現行犯で逮捕できるような内容の犯罪でない以上、これくらいの事前準備は必要である。

これでもう、何があっても大丈夫。

そう思っていたグレイスだったが、いざパトリシアが訪問すると、その様子に戸惑いを覚えてしまった。

というのも、彼女があまりにもぼんやりとしていたからだ。

「あ、の。ケプロン嬢……？」

「……こちら、お花ですわ。よろしければお部屋に飾ってくださいませ」

「あ、ありがとうございます……」

ひとまず花束を受け取り、エブリンに目配せをしてリアムに渡してもらうように手配したが、正直それどころではない。

(待って？　ケプロン嬢、これはもう洗脳されてない……？)

目が虚《うつ》ろで、明らかに様子がおかしい。どうしようと思ったが、グレイスはひとまず手筈《てはず》通りに客間へ彼女を案内することにした。

そうしてお互いに座り、お茶の用意が済んでから、グレイスは口を開く。

「その、ケプロン嬢？」

「何かしら」

「……もしかして、お体の具合が悪かったりしませんか……？」

そう声をかけてみるが、パトリシアは扇子で口元を隠しながら首を傾《かし》げる。

「そのようなことはございません」

「そう、ですか……」

グレイスは内心焦った。

（どうしよう、会話が続かない……）

何より、どのようにして話を切り出せばいいのか。

しかしこれ以上話をしていても、彼女が正直に話してくれなさそうなのは事実。

ということもあり、グレイスは本題を切り出した。

「その、ケプロン嬢。以前私の見舞いに来てくださったときにもお花を贈ってくださいましたが。あれは、どちらで買われたのです？」

「どうしてそのようなことをお聞きに？」

「いえ、いい匂いだなと思いまして。自分でも購入できたらと思ったのですが……」

『――だめ』

（え？）

くぐもった甲高い声が響き、グレイスはぎょっとした。思わずパトリシアを見るが、彼女はきょとんと不思議そうな顔をしている。そのせいで幻聴だったかと思ったが、シャルもびっくりした顔をしているのでそんなことはないようだ。

「……あの、ケプロン嬢」

「あのお花は、わたくしの婚約者が経営している店で取り扱っているものなんですの。気に入られたのであれば、また持ってきますわ」

『――だめ、その花は捨てて』

「ターナー嬢もお花がお好きなんですね。わたくしも同じですわ」

『――やめて、やめてやめてやめてやめて』

「よろしければ、お友だちになってくださいませんこと？」

『――やめてッッ!!』

ひときわ大きな絶叫が響き渡る。

すると、どういうことだろうか。


パトリシアが、泣いていた。


泣いているのだ。それなのに笑みを浮かべたまま、どうしたのかと首を傾げている。

明らかな異常事態。

そのときグレイスの頭に浮かんだのは、とある光景だった。

『グレイス。どうか僕のために、あの女を殺してください』

『はい、リアム様。貴方が望まれるのであれば、喜んで』

嗤うリアム。笑うグレイス。

そのときの情景が、否《いな》、記憶が、フラッシュバックする――

耐えきれなくなったグレイスは思わず立ち上がり、叫んだ。

「リアム様、大司教様、クイン様！　今直《います》ぐ来てください！」

叫ぶのと、客間の扉が開け放たれるのは、ほぼ同じだった。

「グレイス!?」

どうやら、彼らにもパトリシアのあの不可解な悲鳴は聞こえていたようだ。でないとこんなにも早く来たりはしないだろう。

リアムがそう叫ぶ中、グレイスはぶるぶる震える。

泣いているのに笑っている。

その姿に、小説内で救われなかった自分が重なった。

グレイスは叫ぶ。

「お、お願いします……ケプロン嬢を、救って……！」

その言葉を受け、クインとコンラッドがすぐに動き出す。

「ケプロン嬢！　少し手荒なことをするが許しておくれよ！――コンラッド！　やるよ！」

「分かりました。貴女に合わせます」

そう言うと、クインがパトリシアの後ろに回り彼女の頭を抱えた。その一方でコンラッドが前方に回り手をかざす。

そうして、二人はそれぞれ魔力と神力を彼女に注ぎ込み始めた。

（これは……小説内のアリアが使っていた洗脳を解くための方法……？）

そうすることで精神を正常に戻す方法だったはず。だがこれはそれぞれ量の調整が難しく、他人同士がやるのではほぼ成功はしないと言われていた。それもあり、グレイスの背筋に悪寒が走る。

(でも、お願い、お願い……彼女を助けて)

グレイスはそう、ただ祈る。

瞬間、パトリシアが断末魔の叫びを上げた。ソファの上でじたばたと暴れる。まるで何かに抗《あらが》うかのように。

——だがそれも一瞬、パトリシアは目を見開くと、糸が切れた人形のように力なくソファにもたれかかった。それを見た二人は魔力と神力を注ぎ込むのをやめる。コンラッドはすぐさま彼女の様子を確認すると「反動で眠っているだけです」と言った。

その間、グレイスはリアムの腕に抱えられていた。というのも、震えが止まらなかったからだ。

(だってこれって……まるで……)

小説内の、リアムに操られていた『グレイス・ターナー』そのものだ。

そして何より恐ろしかったのは、まるで自分が実際に体験したかのような、そんな生々しい胸の痛みを覚えたことで。

(これは……なに?)

何もかもわけが分からず、そして聞こえてきた悲痛な叫びが忘れられず。ただ痛みだけがひしひしと伝わってくる。

グレイスは落ち着くまで、リアムの腕の中にいたのだった。

ソファに寝かされていたパトリシアが目覚めたのは、それから一時間くらい経ってからだった。

正気に戻った彼女は、ぼろぼろと泣きながらグレイスにお礼を言う。

「あ、ありがとうございます、ターナー嬢……本当に本当に、ありがとうございます……っ」

「ケ、ケプロン嬢。落ち着いてください……」

「ほ、ほんとうに、こわ、こわかっ……！」

何があっても毅然《きぜん》とし、淑女としての在り方を忘れずにいたあのパトリシアがこんなにも震えて泣いているということは、本当に恐ろしかったのだろう。グレイスにもその恐怖が伝わってくる。

そんな彼女を宥《なだ》めながら、グレイスは口を開いた。

「ケプロン嬢。一体何があったのか、説明することはできますか？」

「……はい」

——そうして聞き出したダミアンによるソフィア誘拐計画は、おおむね予想通りではあった。

しかし一点だけ予想外だったのは、誘拐する相手にエリアナも含まれていたことだろうか。

（皇后陛下に関しては納得だけれど、第一皇女殿下まで？　しかも言い方としては、ダミアンが望んでいるわけではないようだし……）

ただどちらにせよ、ろくなことにならないと分かる。

そしてグレイスが何よりも危惧していたのは、その話を聞くごとに背後で佇《たたず》むリアムの雰囲気が、冷ややかになっていくことだった。

（いや、義姉と姪《めい》の誘拐、婚約者を利用するなんていう、身内を狙った犯罪の全容を聞かされれば、リアム様が怒るのも無理はないのだけれど……）

ただ、パトリシアの顔色がみるみる悪くなっていくのでその辺りにして欲しい。

そう思いながらも、グレイスはパトリシアにお礼を述べた。

「お話しくださりありがとうございます、ケプロン嬢。さぞお辛《つら》かったことでしょう」

「……わたくしに対して、お怒りになりませんの？」

「何にです？」

「ご自身が、利用されそうになったことに、ですわ」

「それはギブズ子爵が企んだことで、ケプロン嬢は巻き込まれた……正しく言えば巻き込まれていただけだと認識しています。そんな方に同情こそすれ、怒りなど湧いてきませんよ」

「っ、あ、ありがとうございます……」

グレイスは、未《いま》だにすすり泣くパトリシアの背中をさすりつつ、背後にいる面々に視線を向けた。

「ケプロン嬢のおかげで、ひとまず犯行の全容が分かりましたが……これからの流れとしては、いかがしましょうか？」

「もちろん、犯行を未然に防ぎます」

それに関しては、グレイスも同感だ。

（ただ一つ、問題がある……）

それは何か。

――グレイスの行動が、パトリシアが本来向かうべきだった未来を大きく変えてしまった点だ。

そしてこれはリアムから、パトリシアがグレイスを害そうとしたという話を聞いたときから考えていた懸念点でもあった。

（ケプロン嬢がギブズ子爵に利用されたのは、彼女が私の世話係をする羽目になったからだわ）

そしてそれは、グレイスが社交界で見くびられないために取った行動による影響だった。

何か一つ変われば、それ以外の物事も変わる。グレイスも今まで、何度も展開を変えてきた。それでも今まで問題なく進んできたのは、それが誰かを救うための行動だったからである。

しかし今回パトリシアは、グレイスの行動によって未来を奪われた。このままダミアンが捕まったとしても彼女の家が罪に問われることはないだろうが、没落はするはず。そしてその後の未来が小説通りにいくかと考えると、無理だろうとグレイスは思う。

（何故って、本来であればケプロン嬢を見出すはずのクイン様が、今この場にいるから）

パトリシアはダミアンに利用された存在だったが、それと同時にグレイスに危害を加えようとしたせいで、リアムからの心象がとても悪くなっていた。その状況でクインが彼女を引き取ろうとするかと言われると、難しい気がする。クインはリアムの師匠でもあるからだ。

（だけれど、ケプロン嬢の才能はこれからの未来、聖女となるアリアさんの……ひいては国の繁栄のためにも必要になってくる）

そして未来が変わったのは、グレイスがパトリシアに関わったせいだ。

ならば。

(――私が責任をもって、ストーリーを軌道修正するしかない)

それが、正規のストーリーは、リアムを見た。

そう思ったグレイスは、リアムを見た。

「リアム様。お願いがあります」

「なんですか、グレイス」

「ギブズ子爵を裁く前に、ケプロン嬢とギブズ子爵の婚約を破棄したいのです」

何故ここで破棄する必要が出てくるのかというと、パトリシアとダミアンの婚約が宣誓によって交わされた特殊なものだからだ。でないと彼女は否《いや》が応《おう》でもダミアンの件に巻き込まれてしまう。だからパトリシアを救うためには、婚約破棄は必須。

そんな突拍子もない発言に、一番驚いたのはパトリシアだった。彼女は目を丸くしてグレイスを見つめている。

「ターナー嬢、一体何を仰るの……?」

一方のリアムは、ひどく落ち着いた表情をしてグレイスを見た。

「ケプロン嬢にそこまでの労力を割く理由はなんでしょう？　もしグレイスが同情心から彼女にそこまでしようとしているのであれば、わたしは反対です」

「そ、そうですわ。わたくしは、貴女に醜く嫉妬して、ひどいことを言ったのですよ!?　それなのに情けをかけられても、わたくしは嬉《うれ》しくありませんわ！」

「もちろん、私がケプロン嬢にそこまでする理由はあります。ですが、同情心ではありません」

（そんな理由でケプロン嬢を救ったとしても、変なわだかまりができるもの。もしこの作戦が成功したならこれからもお付き合いしていくことになるはずなのに、そんなのごめんだわ）

パトリシアは没落しかかっているとはいえ、幼い頃から厳しく淑女教育を受けてきた名家の令嬢だ。そのプライドは並大抵のものではない。同情心など彼女の心証を損ねるだけだと、グレイスも理解している。

なら、何を押し出すのか。そして誰にその協力をしてもらうのか。

そんなの、決まっている。

そう思ったグレイスは、許可を取ってから少し席を外して私室に戻り、ある物を手に持って戻ってくる。

「私が彼女を生家ごと救いたい理由は、これです」

「それは……」

「……わたくしがお譲りした、詩集、ですの……？」

リアムとパトリシアが困惑する中、グレイスはそれをクインに手渡した。

「クイン様、こちらの詩集をご覧になってください」

「ご覧にって……アタシに詩を詠む趣味はないよ？」

「見ていただきたいのは内容ではありません。書物自体です」

「書物自体って……」

クインは困った顔をしたが、しかしそれも一瞬。直ぐに顔色を変えた。

そしてまじまじと書物を見つめ、背表紙を凝視し、ページをめくり……グレイスを見る。

「グレイス、これはもしや……魔術によって修繕された書物かい!?」

「はい。そしてそれを修繕されたのは、ケプロン嬢です」

ぐいんと。クインが今までにないような速度で首を振り、パトリシアを見た。

「ケプロン嬢、これはどうやって!?」

「え。そ、それは、魔力を糸のようにしまして……」

「魔力を糸のように……?」

「あとは縫い物をするように繋げるイメージ、でしょうか……?」

「縫い物……？　縫い物……っ!?」

(あ、これは勝ったわ)

グレイスは内心、ガッツポーズを決めた。

それからクインは根掘り葉掘りパトリシアから話を聞き、実践をしてもらい、と未知の魔術に夢中になっている。

「――はー、なるほど！　分からん！」

「分からないのですか……」

「なんだいコンラッド。アタシにだって分からないことくらいはあるよ。まあ正しく言えば、原理は分かるがなんでそうしたのかが分からんって感じだな。これは、個人が持っているイメージの問題さ。だけど聞いた感じじゃ、ケプロン嬢の技術は魔術書の修繕にも使えるだろうね」

「……え？」

「おめでとうございます、ケプロン嬢。帝国一の魔術師が、貴女様の持つ技術を評価してくださいましたよ」

「…………っ!?」

声もなく動揺しているパトリシアに笑みを浮かべてから、グレイスはクインを見た。

「クイン様。ケプロン嬢が持つこの技術が実用されれば、どうなりますか？」

「グレイス、そりゃもちろん、魔術師界隈《かいわい》は大喜びさ！　なんせ、魔術書の劣化問題は学会が開かれるたびに議題にのぼるほど重大な問題だったんだからね！　それが解消されれば、魔術師界隈に革命が起きる！」

そこまで盛り上がってから、グレイスはリアムを見た。

「さて、リアム様。聡明《そうめい》な貴方でしたら、私が何故ケプロン伯爵家の没落を防ぎたいのか、理解できるはずですよね？」

リアムは、ふうっと溜息《ためいき》をこぼしてから口を開く。

「……女性の魔術師の代表として師匠がいるとはいえ、ケプロン嬢の魔力は並み以下。そんな状態の彼女を守るのであれば、生家という後ろ盾があるほうが事が早く進むでしょうね」

「そうでしょう？」

「それに、ギブズ子爵を裁いてからその件を持ち出せば、世間からの関心が集まります。婚約者に裏切られて利用されかけた哀れな令嬢……そんな彼女の躍進。それも、魔術師界隈が後押しをしたいと思うように新聞などを使えば、尚更《なおさら》話はとんとん拍子に進むはず」

（すみません、さすがに私もそこまでは考えていませんでした。でもさすがですリアム様！）

そう思いながらも、グレイスはクインを巻き込んだのは正解だったと内心喜んだ。きっとクインがここにいなければ、リアムが納得できる答えを出すことは難しかっただろう。だって彼にとって魔術とは、クインのように夢中になるものではないからだ。

ただそれが皇族、ひいては国のためになるのであれば、リアムは躊躇うことなくその方法を取る。それを知っていたからこそ、グレイスはクインを使ってリアムに訴えかけることにしたのだ。

よくやった！　と自分を褒めつつ、グレイスはパトリシアを見た。

「と、いうわけです。ケプロン嬢。私は、貴女様が持っている魔術の腕を見込んでいるのです。つまりこれは、帝国をより繁栄させるための行動なのですよ」

「……ターナー嬢、貴女……」

何か言いたげなパトリシアの言葉を遮るように、グレイスは言葉を続ける。

「もちろん、最終的な決断はケプロン嬢次第です。だってこれから苦労するのは、貴女様ですから」

「……」

「ですがもしケプロン嬢がこの道に進みたいと仰るのであれば、全力で力をお貸しします。そして最後まで、貴女様の味方であり続けましょう」

「っ！」

「あ、もちろん、私がというよりもリアム様とクイン様が、ではありますが」

グレイスにできることと言えば、もし社交界でパトリシアが馬鹿にされていたときに味方になってあげることくらいだろうか。と言っても、これくらいなら彼女だけで十分対処できる気がする。

（そう考えると、まったく頼りにならない言葉だったわね……）

まあいい。なんせこっちにはリアムだけでなく、帝国一の魔術師であるクインまでいるのだ。

しかもこの件には、ソフィアが絡んでいる。皇帝陛下が確実に協力してくれることが分かっているなんて、心強い。グレイスがダミアンなら、尻尾を巻いて逃げ出しているところだ。

（絶対に、逃げるなんて許さないけど）

――そして言っていなかったが、グレイスはダミアンに対して私怨に近い感情を抱いていた。

（だってこの件、私を利用しようとしてるわよね？　つまり、小説通りの流れにしようとしているってことよね……？　さすがにそれはひどいんじゃないでしょうか神様！）

リアムがラスボスにならなかったからといって、グレイスを利用することは確定フラグなのだろうか。もしそうなのであれば、その運命に全力で歯向かってやらなければ気が済まない。

（何より女を利用する男を見てると、こっちのトラウマが刺激されるのよ……！）

パトリシアは別にダミアンに対して恋愛感情を抱いてはいないが、自分の意思に反して洗脳されている。その様は、小説内のグレイスそのものだ。

そしてそんな彼女を放り出すことは、過去の自分を見捨てることに等しい。かなり感情的になっている自覚があるが、そう思うのだ。――だから。

「……わたくし、やります。やらせてくださいませ」

パトリシアが、瞳を潤ませながらも真っ直ぐした目をしてやると告げた瞬間、なんだか勝手に救われたような気がしてしまった。

（……貴女様には何も関係ないのにね）

そんな感傷を振り払うように、グレイスはリアムを見る。

「リアム様、改めてお願いします」

「…………」

「ケプロン嬢も救って、皇后陛下も第一皇女殿下も救って……そしてこの帝国がますます発展していけるような。そんな最高の作戦を考えてください！」

グレイスがそんな無茶苦茶なことを言うと、リアムは笑う。それは、仕方ないな、とでも言うような、少し呆れているけれどどことなく嬉しそうにも見える、そんな笑みだった。

「わがままですね」

「わがままな女はお嫌いですか？」

「わがままなグレイスであれば、大歓迎です。貴女のわがままは、いつだってわたしをワクワクさせますから」

そう言うと、リアムはその場で跪《ひざまず》き、グレイスの手の甲にキスをする。あまりにもスムーズかつ自然な動作に、グレイスを含めその場にいた全員が呆気に取られた。

しかしリアムは楽しそうに微笑《ほほえ》みながら、言う。

「仰《おお》せのままに、わたしの運命」

（……もう、本当にこの方は）

そんなことを言われてしまったら、人前でどんなに恥ずかしくたって応えるしかないではないか。

そう思いながらグレイスはリアムの手を取り、手袋を取る。彼が一瞬ぴくりと手を震わせたが構わず、その手のひらにキスをした。

（リアム様が未だに自分を汚いと思っていて、手袋をつけ続けていることくらい知っていますけれど、なら私はそれを外してでも貴方に近づきたいって思ってますからね？）

そしてこれは、それを彼に示すための行動だ。

だから絶対に逃げないで。逃がす気なんて、もうないから。

そう思いながら。

グレイスは艶《あで》やかに微笑む。


「頼りにしています。――私だけの貴方」


そう言えば、リアムは一瞬目を見開いてから。

観念した、とでも言うように困ったように、けれど嬉しそうに微笑んでくれたのだった――

六章

パトリシアの一件があってから、グレイスたちは二週間のうちに様々な準備を重ねた。

これからの作戦は、さながら劇のようだった。

そして劇の要《かなめ》となるのは、シナリオ。

何故《なぜ》か。どんなに役者がよくても、シナリオの質が悪ければ粗《あら》が目立ち、最悪の場合すべてが破綻してしまうからだ。

その重要なシナリオを考えたのは、もちろんリアムである。

彼はグレイスのわがままをすべて叶《かな》えるだけでなく、帝国に最大限の利益と、ダミアンに最大級の仕返しをしてやるための作戦を立案し、必要なものを算出した。

それに全面協力をしたのはセオドアとソフィアという、この帝国のトップ二人である。

また帝国一の魔術師であるクイン、大司教コンラッドと役者としては十分すぎるくらいの面々が集まり、ありとあらゆるサポートをしてくれた。

もちろん、主演はパトリシア。悪役はダミアン。

そして作戦決行日は——リアムの生誕祝いの夜会だ。

「……あの、リアム様。この日に作戦を決行することにして、本当に良かったのですか？」

――そして生誕祝いの夜会当日。

宮廷の控え室にいたグレイスは、ソファに腰かけながらもう何度目にもなる質問をリアムに投げかけた。それを聞いた彼は、となりに座りながら笑う。

「生誕祝いの夜会と言っても、皇族にとっては恒例行事というだけですし。市民にとっては祝日、貴族たちにとっては皇族にご機嫌取りすることができる機会という程度です。しいて言うのであれば、このために準備を進めてくれた兄上や義姉上《あねうえ》に悪いというくらいでしょうか」

「ただ、皇帝陛下も皇后陛下もノリノリ……というか、かなりご立腹されていましたからね」

「ええ、それはそうでしょう。皇族に対しての宣戦布告のようなものですよ。そういう意味でも、夜会は貴族たちの大半が集まる最高の舞台なのです。皇族の権威を見せつける意味でも最適だと考え、その舞台に夜会を選んだだけですよ」

（確かに、たかが断罪劇にびっくりするくらいの裏事情が潜んでいたけども……）

事前に計画を知っているグレイスは、これをすることでリアム側の人間がいかに得をするのか分かっている。何より、そこまで深く考えて、断罪劇を最大限利用してやろうというリアムを含めた皇族たちの心意気に、敬意を表したくなった。

まあそれはいいのだ。だが、グレイスが言いたいことは違う。

「……私が言いたいのはそうではなく」

むくれながらも、彼女は口を開いた。

「リアム様のお誕生日ですよ。一年に一度しかない大切な日です。そんな日にこんなことしなくたって……」

「……つまり、わたしのことを心配してくださっているのですね」

「心配というか、不満というか……」

「どちらにせよ、わたしのことを想《おも》っての言葉ですよね。ありがとうございます」

そう笑顔と共に断言され、グレイスは唇を尖《とが》らせた。

（いやその通りだし、お礼を言われること自体は嬉《うれ》しいのだけれど……何この釈然としない感じ！）

特に競い合ってもいないのに負けたような気持ちになるのだが、それを伝えるのはいささか大人げないと思うので口をつぐむ。

その一方でリアムは、終始楽しげだった。

「わたしとしては、わたしが選んだドレスをわたしの誕生日に着てくださっているグレイスが見られるだけで、十二分に満たされますから」

その言葉通り、グレイスが今着ているイブニングドレスは、リアムが色から柄選びまでこだわり抜いた逸品だった。

美しい菫《すみれ》色のドレスにはすみれと飛び回る蝶《ちょう》の刺繍《ししゅう》が施されており、遠くから見ても美しさが分かる。

それに合わせて、ネックレスも大粒のバイオレットサファイアがいくつもあしらわれたもの。ピアスと髪飾りは、すみれの花を模したものだ。

そしてこの飾りは、リアムがつけている髪飾りと同じものを使っている。

花の形をした飾りを婚約者とお揃《そろ》いにすることなんて、滅多にない。しかしリアムはまるでそれが当然であるかのように見えた。あまりにも似合いすぎるのだ。

すると、リアムが目を細める。

「……今のグレイスを、他の人に見せたくありませんね。わたしだけのものにしたいです」

(あ、ちょっとほの暗い気配を察知)

そう思ったグレイスは、闇堕《やみお》ちを防ぐ意味を込めてそれをたしなめる。

「そうは言いますがリアム様。こんなにもこだわり抜いたのであれば、逆に貴族の皆様に見せつけたいとも思いませんか? 『グレイス・ターナーは、リアム・クレスウェルのものだ』って」

「……それも一理ありますね」

「でしょう?」

納得した様子のリアムを見て、グレイスは胸を撫《な》で下ろした。

(本当にもう、油断も隙もない……)

時折こういうことになるのは心臓に悪い。そして本人は至極本気で言っているのだから、尚更《なおさら》たちが悪いのだ。

(というより、リアム様だって今日は特に輝いていらっしゃるのに……)

白いストライプが入った紺の礼装は華やかで似合っているし、左肩にかけた白と金の上着は高貴な印象をより一層感じさせ、見ているだけでうっとりしてしまう。今日の主役に相応《ふさわ》しい衣装だろう。

その上こんなにも顔がいいのだから、きっと会場中の視線を一身に浴びるはず。

(まったく、ご自身のことをまず気にされたほうがいいわ)

グレイスも彼が他の女性になびくなんて思ってはいないが、それでもちょっとくらい嫉妬はするのである。まあ、リアムに対して面と向かって言うことはないが。

するとリアムが悪戯《いたずら》っぽく笑う。

「それにグレイス。これが終われば、貴女《あなた》がわたしの誕生日会を開いてくださるのでは?」

「気づいていらしたのですね……」

「それはもちろん」

「ならば最後まで気づかないふりをしていてください。サプライズの意味がないではありませんか」

何もかも知っている有能な婚約者にむくれていると、いきなり彼の顔が近づいてきて、キスをされた。

「!?」

「あれ、キスをして欲しそうにしていたのではないのですか?」

「ち、ちち、違いますよ……!?」

「それは残念です。キスしたかったのはわたしだけだったのですね」

「な、な……っ!!」

グレイスの顔が首まで真っ赤になる。

(こ、この方は本当に……!)

どうやら、グレイスのことをからかいたい半分、本音半分といった感じらしい。どちらにせよ彼女のことを振り回したい、もっと見て欲しいという意図が透けて見えた。

「……そんなことをしなくとも、私はリアム様しか見ていませんよ」

そう言えば、リアムは立ち上がりながら嬉しそうに笑う。

「ではこれからもずっと、目を離さないでいてくださいね。——目を離したら、何をしでかすか分かりませんから」

そうして差し伸べられた手とリアムの顔を、グレイスは交互に見た。

それが、彼なりの「そばから離れないで」だということに気づいたグレイスは、肩を震わせ笑う。

「では今回の舞台も、リアム様のとなりという特等席で鑑賞させていただくことにします」

そう言いリアムの手を取った上で彼の腕に自分の腕を絡めると、彼は柔らかく微笑《ほほえ》む。

「それでは、きちんとエスコートさせてただきましょう」

そうして二人は、大広間へと続く扉へと向かっていったのだ。

——さあ。一人の令嬢による一世一代の大舞台の、はじまりはじまり。

グレイスは、リアムにエスコートをされながら大広間に入った。

普段は一階の入口から入るが、今日は主役の付き添いということもあって皇族専用の入口がある二階から入室することになる。そのため、いつもと違い新鮮な気持ちになった。

同時に、大広間を見下ろすことになる。そこからは参加者の貴族たちの顔がよく見えた。皆一様に酒の入ったグラスを持っている。

（ケプロン嬢とギブズ子爵は……いるわね）

当たり前だが二人は婚約者なので、同じところにいる。パトリシアの今の状況を思うと、グレイスは色々な意味で胸が締め付けられる心地になった。

（だって彼女は今、自身のプライドを捨てて、ギブズ子爵の操り人形を演じているから）

しかしそれは、ダミアンをこの夜会というとっておきの大舞台に引きずり出すために必要なことだった。

それでも、その行為がパトリシアに想像を絶するような苦痛を与える作戦であることは変わらない。だが、彼女は言った。

『それで、あの卑怯《ひきょう》で下劣な男を引きずりおろすことができるのであれば、これくらいの苦痛などどうということもありませんわ』

そして今こうして無事に作戦当日を迎えられたことからも分かるように、パトリシアは二週間耐えた。自分もやることがある状況で、耐え抜いたのだ。グレイスはその苦労が、絶対に報われるようにしたいと切に思う。

そのためにも、この夜会を盛り上げることは必要だった。

そう思っていると、リアムがお酒が入ったグラスを二つ執事から受け取り、一つをグレイスに渡してくれる。

「皆様。このたびはわたしの生誕祝いの夜会にご参加いただき、誠にありがとうございます。どうか最後までお楽しみください」

乾杯。

リアムがそう言いグラスを掲げると、貴族たちは同じようにグラスを掲げた。

こうして、リアムの言葉を皮切りに夜会が幕を開ける。

「さて、まずは夜会を楽しみましょうか」

リアムにそう促され、グレイスは彼に誘われて大広間の中央へと向かう――

＊

その一方で。

ダミアン・ギブズはその日、上機嫌で夜会に参加していた。

本来であれば夜会など退屈極まりない上に、ダミアンのことを見下してくる貴族たちしかいない苦々しい集まりだが、今日は違う。

――なんせ今日の夜会で、俺はミューズを手にできる……！

ソフィア。

ダミアンが彼女に出会ったのは、彼女が皇太子妃のときだった。

初めて見た瞬間から恋に落ち、同時に絶望した。

なんせ彼女のとなりには既に、セオドアという生涯の伴侶がいたからだ。他の貴族であればダミアンでも財力で勝てたかもしれないが、あろうことか皇太子だ。つまり、次期皇帝。財力はおろか、品格や血統、容姿、性格まで、すべてにおいて負けていた。

また帝国民らしく神を信奉する信徒でもあるダミアンにとって、皇族は崇拝するべき対象。そんなヒトの伴侶になったソフィアは、神の仲間入りを果たしたのだ。彼が勝てる要素はどこにもない。

かといって諦められるわけがなく、むしろ公式の場でソフィアの姿を目の当たりにするたびに、ダミアンは彼女に惹《ひ》かれていった。

なんせ見た目だけでなく、心根まで優しい聖母そのもののような女性《ひと》だ。きっと彼女ならば、金銭なんて介さない真の意味でダミアンを愛してくれるはず。

だが彼女は他人の妻だ。しかも、ダミアンが欲しいものすべて生まれながらに持っている、本物の強者が夫である。

絶対に手に入りようがない女性《ひと》。

しかしそれにより、帝国一の高嶺《たかね》の花《はな》となった彼女が、ダミアンにはより一層輝いて見えるようになってしまったのだ。

苦しみ、呻《うめ》くダミアン。それでも決して一線を越えなかったのは、彼が熱心でありながら道徳心を忘れない信奉者だったからだろう。

そんな彼にとって、結婚しろとわめく周囲の声はより深く心に刺さり、彼の精神を蝕《むしば》んでいった。

——そんな日々が終わったのは、とある人物が声をかけてきたからだった。

『皇后陛下を自分のものにできるとしたら、貴方《あなた》はどうしますか？』

とある商談における第一声で、男はそう言ってきた。

何を言っているのだと思ったが、それはダミアンが最も知られたくない恥部だ。そのため、相手が脅しに来たのだと思った。

しかし彼はダミアンに黒い真珠のようなものを手渡すと、さらに言ったのだ。

『ご安心ください、貴方を貶《おとし》めたいわけではありません。むしろ、その苦悩から救って差し上げたいのです』

『なに、を』

『ご安心ください、わたしは、教会の司祭ですから。ほら、この声を聞いたことがありませんか？貴方の声を懺悔《ざんげ》室《しつ》で聞いていた人間です』

『司祭、さま……？』

『はい。ですから、貴方の苦悩はよく知っております』

それを聞き、ダミアンの中にあった警戒心が一気に霧散した。同時に、手のひらの上にある黒い珠《たま》を握る。それは無意識の行動だった。

そんなダミアンの握り拳に自身の手を重ねながら、司祭だという男は告げる。

『大変お辛《つら》かったでしょう、ですがそれは、皇后陛下を手にすることができれば解放されるものです。違いますか?』

『……ですが、それは神に背く行為で……』

『そのようなことはございません。——だって貴方にとっての真の神は、他にいるのですから』

『……え?』

『そして真の神は、あの不届きな神の末裔《まつえい》を名乗る皇族たちに天罰を下せと仰《おつしや》っています。そうすれば、皇后陛下は貴方のものになる……これはとてもよい取引ではありませんか?』

その言葉を聞くと同時に、黒い珠からダミアンの中に何かが流れ込んできた。貫くような痛みが胸に走り思わず呻き声を上げたが、それも一瞬。心が解放されたようなそんな心地になり、彼は司祭の男が言ったことが事実だったことを悟った。

そして、胸の内に秘めていた欲望が際限なく噴き出す。

——相手が神の末裔を語る愚か者ならば、それは神の教えに背くことにはならない。

——むしろダミアンの想いは、ソフィアを救うことに繋《つな》がる。

——そのためには、準備が必要になる。

そのタイミングでパトリシアとの婚約を進めたのは、結婚しろとうるさい親族たちを黙らせるためだ。そうすれば必要以上にダミアンに干渉してこようとする人間はいなくなる。それはソフィアを誘拐するためには重要だった。

同時にエリアナを誘拐することになったのは、真の神に捧《ささ》げる贄《にえ》が必要だと言われたからだ。

しかしソフィアを手にできるのであれば、そのお礼に贄を捧げることなど当然であろう。それに、エリアナは赤子だ。誘拐するのが一人だろうが二人だろうが負担はさほど変わらない。

そうして準備を進め、司祭とも計画を練り。そしてダミアンは、都合のいい傀儡《かいらい》を手にすることができた。

それは、グレイス・ターナーだ。

元から利用しようと目をつけていたが、パトリシアが彼女と関わりがあると知ってからそれはさらに楽になった。

――パトリシアは、俺の予想よりもはるかに役に立ってくれたな。

最初は、権威を保てるだけの金がないくせにお高くとまったこの女をどうやって苦しめてやろうかと思っていたが、グレイスを利用するのに巻き込めば想像以上に怯《おび》えてくれた。そのときの顔は今も忘れられない。だってあまりにも爽快だったから。

そしてそれからは、香水のおかげですっかり従順な奴隷になっている。前のように騒がしくなくて清々する上に、自分を見下してきた存在が跪《ひざまず》く姿を見るのは本当に楽しかった。

――この香水を使えば、他の貴族たちもきっと俺の意のままに操れる。

その辺りの計画に関しても、司祭と一緒に話し合っている最中だ。そうして貴族社会を掌握できれば、あとはトップを引きずりおろすだけ。その瞬間を考えると、胸が高鳴った。

しかし今は、ソフィアのことだ。

今回の夜会が終わってから、ダミアンはグレイスを使ってソフィアの下へ向かう。

そして神の末裔を名乗る者から、愛する人《ミューズ》を救うのだ――

そう、思っていたときだった。

となりにいるパトリシアが、何やらおかしな動きを見せたのは。

――何故勝手に動いている？

今のパトリシアは、ダミアンにとっての都合の良い人形だ。そのため、彼の命令がないと動かないはず。

それなのに彼女はひとりでに動き出しただけでなく、ずんずんと玉座に座っている皇帝と皇后のほうに向かっていった。

「お、おいパトリシア……！」

ダミアンが止めようとしたが、ちょうどそのときダンスの音楽が奏でられ始める。そして何人ものペアが、彼の行く手を塞いだ。

ダミアンは焦る。

――まさか、パトリシアの洗脳が解けている？

正直信じられない気持ちでいっぱいだが、あの様子を見るに彼女の洗脳は明らかに解けていた。

司祭からは、これを解くには神術、魔術による両面からのアプローチが必要だと聞いた。もし上《う》手《ま》くいかなければ、最悪廃人になることだってあるという。

だから、都合がいいと思ったのだ。廃人になれば本当のことを話すこともなく、洗脳中であればダミアンの言う通りに動く。とてもとても、都合のいい人形。

だがもし洗脳が解けているのなら——最悪の証人になってしまう。

だから止めたかったのに、誰かの足がダミアンの足をすくった。そのまま、彼は床に倒れる。

「だ、だれ、」

「あら。ごめんあそばせ、ギブズ子爵」

そしてダミアンは、足を引っかけた人物を見てひゅっと喉を鳴らした。

だってそれは、彼が利用しようと企《たくら》んでいたグレイス・ターナーと、その婚約者であるリアム・クレスウェルだったからだ。

顔が引きつる。それでもなんとか取り繕おうとし、しかしグレイスの言葉によって瞬時に調子を崩された。

「ギブズ子爵。ケプロン嬢の邪魔はなさらないでくださいね」

「……は？」

「これから、とても愉《たの》しいことが起きるのですから」

グレイスがそう言い笑うのと同時に。

「このような祝いの席で大変恐縮ですが。偉大なる皇帝陛下と皇后陛下にご報告申し上げたい、重要事項がございます」

パトリシアがそう言う声が、大広間に響いた——

＊

作戦決行当日。パトリシア・ケプロンは、人生で一番緊張していた。

――まさかこんなことになるなんて。誰も思っていなかったと思いますもの。

そしてそれは、パトリシア自身もだ。だって今まで、自分の人生はもう自分ではどうにもならないものだと思っていた。助けなんて来てくれないと。ずっと独りぼっちで、ダミアンに尊厳すら奪われて死ぬのだと、そう思っていた。

でも、来た。

物語の王子様が助けてくれる、なんていうロマンチックなものではなかったけれど、確かに来たのだ。

グレイス・ターナー。

――きっと貴女様は、自分なんて大したことをしていないなんて仰るのでしょうけれど。

それでも。パトリシアに対して最初に手を差し伸べてきたのはグレイスだった。

最初の一歩というのは、一番怖い。だってその先にあるのが未知のものだから。

だけれどそんな場面で、グレイスはなんてことはない顔をしてパトリシアに声をかけてきた。それも、彼女のプライドを最大限尊重した上で、だ。

——それがどれほどの救いになったのか、貴女様はきっと知らないのでしょうね。

でもだからこそ、パトリシアは救われた。

だからこそ、彼女はこの二週間、ダミアンから受けたどんな屈辱にも耐えられたのだ。

だってこれを成功させた先に、彼女は待っている。手を振って、なんてことはない顔をして笑って、どこまでも変わらずいつも通りに。

それが一番嬉しいのだということを彼女は知らないし、これから先も知らないでいて欲しかった。

——だって絶対に、言ってやったりなどしないのだから。

そして作戦決行日の今も、グレイスは彼女の助けとなってくれていた。それは、ダンスの際にダミアンの進行を邪魔することだ。

正直、グレイスがダミアンに足を引っかけて転ばせたのを見たときは、笑いそうになってしまった。こんな場面ではしたなく笑うなんて、今までのパトリシアでは考えられない思考だ。

だが一歩、また一歩と皇帝と皇后の下へ進むたびに、自分の体に張り付いていたものが剝がれて、体がどんどん軽くなっていくのを感じる。

両親からの抑圧も、淑女らしくあらなければならないという重圧も、自分が犠牲になって家族を守らなければならないという束縛も。すべてすべて解けて。

——今宵《こよい》、パトリシア・ケプロンは生まれ変わる。

＊

「このような祝いの席で大変恐縮ですが。偉大なる皇帝陛下と皇后陛下にご報告申し上げたい、重要事項がございます」


そう言うパトリシアの声を、グレイスは確かに聞いた。

それはどうやら、先ほど故意に足を引っかけてすっころばせたダミアンも同じだったらしい。みるみるうちに顔色が悪くなるのが分かった。

（そりゃそうよね。だってギブズ子爵にとってケプロン嬢が正気に戻るというのは、とても都合が悪いもの）

しかもタイミングが最悪だ。だって彼は今夜、夜会が終わった後にグレイスを使い、ソフィアとエリアナを誘拐するつもりだったのだから。

だから、ここで問題を起こされたらたまらない。

そしてそんな心理を、グレイスにぴったりとついているリアムはよくよく分かっているのだ。

（人のことを喜ばせることが得意な人は、人の嫌がることをするのも得意……っていう話はまごうことなき事実よね……）

リアムは、ダミアンの心理を理解している。だからこうすることで、彼がパトリシアの下へ走っていくのも分かっていた。

だがしかし、もう遅い。ダミアンが到着する前に、パトリシアがセオドアの許可を得て発言する。

「わたくしの婚約者であるダミアン・ギブズは、恐れ多くも皇后陛下と第一皇女殿下を誘拐する計画を立てているのです」

パトリシアの発言が、まるで波紋のように大広間全体へと広がった。

あまりにも突拍子もない発言に、貴族たちは皆硬直し、楽団の演奏が止まる。

同時に、貴族たちの視線が一瞬でダミアンに注がれるのが見て取れた。それにより、ダミアンはその場に縫い留められる。

一方のセオドアは、玉座の手すりに頬杖《ほおづえ》をつきながら、洋蘭色《オーキッド》の瞳をすがめる。

「──まさかそんな衝撃的な告白を、愛する弟の生誕を祝う神聖な夜会で聞くことになるとは思わなかったな」

今まで聞いたことがないほどの高圧的な声。絶対覇者の威圧感。それはこの場にいる全員に、セオドアが皇帝であることを改めて実感させた。

(これも、リアム様の作戦の一つ)

それは、セオドアの権威を見せつけることだった。

リアムが昨年の夏頃に行なった『世紀の大神罰』により、リアムを軽んじたり利用しようとしたりする者はほとんどいなくなった。だが同時に少なからず生まれていた「彼が皇帝になれば」と考える不届き者たちの浅はかな思考を──ここで踏み潰す。

そしてセオドアは見事、たった一言で、その場の掌握に成功したのだ。

同時に。

「……この場が、陛下にとってとても大切なものだということは理解しております。ですがこの計画は夜会の後に行なわれる予定となっているのです」

「ほう?」

「わたくしのことは、いくら罰してくださっても構いません。ですが一度、わたくしの話を聞いていただけないでしょうか……?」

セオドアが、自身の前で震えながらも必死に懇願する令嬢に問う。

「それを、我らが祖たる夫婦神に対して誓えるか?」

「――はい。我が名に誓っても」

貴族が神に対し、名をもって誓う。それは、命のみならず家名すら懸けるほどのことであるという覚悟の表れだった。

だがそんなこと聞かされていなかったケプロン伯爵は、自身の娘の突飛な行動に慌てているのが見て取れる。

しかしこの場において口を挟むだけの度胸はないらしく、顔を真っ青にして震えているのが印象的だった。

(私はケプロン嬢じゃないけれど、あの顔を見るとなんだか胸がすくような気持ちになるわね)

作戦実行までの二週間で、グレイスはパトリシアからある程度のお家事情を聞かされていた。彼女は両親を悪く言ったりはしなかったけれど、それでも、娘に対してひどい行ないをしていること

は明らかだった。

なので結果として、ケプロン伯爵が最も大事にしていた家名というやつをこの場で勝手に懸けることができたことには、心の底からスカッとする。

そんなグレイスの心境などつゆ知らず。ひりつくような威圧感の中、セオドアのとなりに座るソフィアが口を開いた。

「陛下。ケプロン嬢の覚悟は本物です。それに今夜が実行日だとか。それならば、話を聞いて差し上げたらどうでしょう?」

「……ソフィアが言うのであれば」

そこでようやく、大広間にいたすべての人を押しつぶすような重圧が消える。

(ちなみに、これも演出その二なのよね)

昔のようにソフィアを表立って軽んじる者はいないが、それでも少なからず裏で軽視している存在はいるらしい。そんな貴族たちに、「セオドアを止められるのはソフィアだけ」だということを印象付ける。これはそんな作戦だ。

そんな中、グレイスの視界に一人の男が入る。

ダミアン・ギブズだった。

(あら、なかなか度胸があるわね)

セオドアの威圧で自身に注がれる視線が減ったとはいえ、彼はパトリシアがこれから行なう告白の中心人物だ。しかも、ソフィアとエリアナを誘拐しようとしている。

そんな人間がそばに走っていったら——

「止まれ！」

親衛隊に止められるのは、ある意味当たり前だった。

「ち、違います、お、わ、わたしは、婚約者の虚言を正したくて……！」

「それはケプロン嬢の話を聞いてからだ。もしそれが嘘《うそ》だというのであれば、それからわたしたちに本当のことを訴えるといい、ギブズ子爵」

「っ……！」

セオドアからの言葉に、ダミアンが悔しそうな顔をして引き下がる。

それを確認してから、パトリシアは告白を始めた。

「この計画は——グレイス・ターナー様を洗脳し、皇后陛下の下へ案内させるというものです」

「……洗脳だと？　それも、ターナー嬢をか？」

「はい」

「いったいどんな方法で洗脳するというのだ。精神系の魔術は、扱える魔術師がほとんどいないことで知られているのだが」

「——この花を使い、洗脳しようとしていました」

そう言い、パトリシアは胸元に飾られていた一輪の薔薇《ばら》を取り出す。そしてそれを証拠として提出した。

「これは、わたくしの婚約者が不法に栽培していたものです。調べていただけましたら、この花が有害であることがお分かりになるかと思います」

「っ！」

「またわたくしは、この花が人に害を及ぼすものだと知らずに、婚約者に言われるがままターナー嬢にこれをお贈りしておりました。たとえそのことを知らなかったとしても……許されざることをしたと思っております」

「ふむ……」

そこで、セオドアがリアムを見た。

「リアム。彼女が言ったことは本当か？」

「――はい、陛下。ケプロン嬢から花束を贈られてきていたことは事実です。その場にはわたしの婚約者が契約する神獣と使用人もおりましたので、もし必要とあらば証言させましょう」

「分かった」

確認を取ってから、セオドアは再度口を開く。

「ケプロン嬢の言いたいことは分かった。また、これの栽培場所は後ほど詳しく聞こう」

「はい、陛下」

「――して、ギブズ子爵。釈明はあるか？」

そう言い、ダミアンを睥睨《へいげい》するセオドア。

この場での無言は、肯定と同義だ。かといってリアムがいる以上、この場で嘘は通用しない。

（……さあ、ギブズ子爵。貴方はどうする？）

そして。

ダミアンはリアムの予想通り――セオドアに向かって走り始めた。

だが親衛隊にそれを止められ、後ろで手を縛られてから床に膝をつかされる。

「クソ、放せ！」

「……ケプロン嬢の証言を裏付ける必要はなさそうだな」

そう言いながら玉座から下りてきたセオドアを、ダミアンは床に押し付けられながらも睨《にら》む。

「うるさい！　ミューズは……ソフィアは俺のものだぁぁあああアアアアッッ!!」

「――ソフィアは誰のものでもない。愚か者が」

ゴッと。

普段は温厚なセオドアが、ダミアンの頭を殴って気絶させた。それを見た貴族たちは息を呑《の》む。

その後、彼は親衛隊に命じてダミアンを連行させた。

そこでようやく場がざわつき始めた頃、セオドアが口を開く。

「ケプロン嬢。そなたのおかげで、一つの愚かな犯行が未然に防がれた。これはとても喜ばしきことだ」

「仰る通りにございます、陛下」

「ゆえに、そなたに褒美を取らせよう。何を望む？」

その言葉に、パトリシアは顔を上げた。

「陛下。わたくしは利用されたとはいえ、ターナー嬢に害をなそうとした愚かな人間です。わたくしのような人間に褒美など……」

それを聞いたケプロン伯爵が慌てた様子で何か言おうとしていたが、グレイスはそれより先に口を開いていた。

「恐れながら陛下。私に発言の機会をいただけませんか？」

「ターナー嬢か。よい、許そう」

「ありがとうございます」

(ごめんなさいね、ケプロン伯爵。多分貴方は、慰謝料とかそういったお金の話をしたかったのでしょうけれど……邪魔はさせないわよ)

ケプロン伯爵が顔を赤くして震えているのを尻目に、グレイスはパトリシアの直《す》ぐそばまで歩いた。そして淑女の礼を取る。

「ケプロン嬢はこのように仰っていますが、私が無事でいられているのは彼女が後ほど我が家に赴き、その花を回収されたからなのです」

「……ほう？」

「そのため、私は彼女に罪はないと考えております」

劇に必要なのは演出だ。それも、嘘の中に本当を交ぜたほうが、本物らしく見える。

そして今回の劇の主役は、あくまでパトリシア。断罪劇はついでだ。

つまり――本番はここからなのだ。

「――だそうだ、ケプロン嬢。当事者がこう言っている以上、そなたに褒美を取らせないわけにはいかないな」

セオドアが再度、パトリシアに意見を求める。

それを受け、パトリシアは告げた。

「でしたら、わたくしは――ギブズ子爵との正式な婚約破棄と、魔術学園にて魔術を学ばせていただきたいです」

それに誰よりも驚いたのは、ケプロン伯爵だった。

「パトリシア、お前、何を……！　才能もないのにそんな愚かなことを言うんじゃない！」

「……才能、ですか？　私が聞いたところによりますと、ケプロン嬢には魔術の才があるとのことでしたが……」

グレイスがそう口を出せば、ケプロン伯爵は興奮した様子でまくしたてる。

「黙れ、小娘！　娘にはさしたる魔力はない！　むしろ、こんな魔力で魔術学園に通うなど、恥晒《はじさら》しもいいところだ！　というより、一体誰がそのような世迷言《よまいごと》を抜かした!?」

「クイン・ラスウェル様です」

「クイン・ラスウェル？……クイン・ラスウェル!?　あの!?」

「はい、ケプロン伯爵。あの。帝国一の魔術師と名高い、クイン・ラスウェル様です」

(いい反応をしてくれるから、賑《にぎ》やかしとして最高の人選だわ、ケプロン伯爵)

ただ、物言いがあまりにも失礼すぎてリアムが大分怒っているのが問題である。頭の回転が速い偉い人を怒らせないでほしい。

そんなリアムの腕に抱きついて宥《なだ》めつつ、グレイスはソフィアに助けを求めた。

するとソフィアがにこやかな笑みを浮かべながら口を開く。

「そういえば陛下。以前クインに会った際、とても才ある令嬢に出会ったと言っていましたよね」

「え？　あ、ああ。確かにそう言っていたな……確か、魔術書を修繕できるのだとか」

「そう！　そうなのです陛下！」

(お二人とも、時間を稼いでくれてありがとうございますー！)

なんとかリアムを宥め終えたグレイスは、本来先に告げるはずだった経緯説明を始めた。

「以前、我が家にクイン様がいらっしゃいまして。ケプロン嬢から譲り受けた詩集をご覧になり、その素晴らしい修繕技術にとても驚かれたのです。それでお二人を引き合わせましたところ、クイン様がそれが魔術師業界に革命を起こす技術だと仰ったのですよ」

「魔術書の修繕か……確かにそれは素晴らしい腕だな」

「はい、陛下」

グレイスは、セオドアではなく貴族たち全員をぐるりと見まわして言った。

「魔術師業界において、古い魔術書の保存は毎回学会で話題にのぼるほどの重大問題だと伺いました。……貴族の皆様は、それくらいご存じですよね？」

貴族＝魔術師という代名詞を持っている業界でそのようなことを言ったのは、ケプロン伯爵の口を封じるためである。

(その上で、こんな盛大な場でケプロン嬢の入学が認められれば、ケプロン伯爵は今後、彼女の魔

術問題に口出しできなくなるもの）

入学後はクインもいるのだ。パトリシアの面倒はきっちり見てくれるだろう。

そしてその予想通り、ケプロン伯爵は顔を真っ赤にこそしたが、それ以上何も言えずに押し黙る。

「……ふむ。魔力量で才能は決まらないということか」

そんな意味ありげなつぶやきをこぼし、セオドアは告げた。

「ケプロン嬢の望み、しかと聞き届けた。そなたは、この帝国をさらに繁栄させるために必要な人材だ。わたしも喜んで手を貸そう」

「ありがとうございます、陛下。帝国のお力になれますこと、わたくしも大変喜ばしく思います」

「ああ、もちろんそなたとギブズ子爵の婚約破棄はきちんと行おう。宣誓までしてしまったのだから な、致し方あるまい」

「ありがとうございます、陛下」

それから、セオドアはケプロン伯爵に視線を向けた。

「……それと、ケプロン伯爵」

「は、はい！」

「そなたは大変素晴らしい娘を持っているのだな。わたしの妻を救った礼は、そなたたちにもきちんとしよう」

「あ、ありがとうございます……！」

歓喜に酔うケプロン伯爵に対し、セオドアが笑みを浮かべたまま視線を向ける。その瞳が鋭利で、ケプロン伯爵はびくりと肩を震わせた。

「――ただ。これが、そなたの娘のおかげだということは、ゆめゆめ忘れるなよ？」

「……は、は、い……」

（わあ、すっごい釘《くぎ》の刺し方……）

パトリシアにいらないちょっかいをかけるなよ？　という意味での釘刺しなのだが、それにしてはどことなく怨念がこもっているような気がする。

どちらにしてもセオドアの圧により、ケプロン伯爵とそれ以外のパトリシアに対して何やらちょっかいをかけようと考えていたらしい貴族たちも含めて、これで少しは大人しくなるだろう。

そして、パトリシアによる一世一代の大舞台は無事、リアムの脚本通りの流れに沿って終幕へと向かうことになる。

幕引きはもちろん、この夜会の本来の主役であるリアムだ。

「夜会にて様々なことがありましたが、わたしとしては尊敬する皇后陛下と姪《めい》の身が守られたということ。そして、帝国の未来を支える素晴らしい才を持つ令嬢をわたしの婚約者が発見したことといい、大変好《よ》い日となりました。――これからも、帝国の未来に光がありますように」

その言葉を最後に、リアム生誕祝いの夜会は無事、終わることとなったのだ。

こうして、一人の令嬢による大舞台は幕を閉じました。

ですが彼女にとっての物語は、きっと。これから始まっていくことでしょう――

エピローグ

ダミアンによる皇后及び第一皇女誘拐未遂。

そして、それを未然に防いだ若き才能、パトリシア・ケプロン。

それらの話題は、一瞬で世間に広まり、注目を集めることとなった。

皆が関心を寄せるのは、パトリシアに関してだ。

(そりゃそうよね。恋に狂った男の失墜劇もまあ楽しいけれど、そんな悪役を倒した救世主に注目したほうが人生が豊かになるし)

それもあり、各紙はダミアンのことよりもパトリシアのことを大きく取り上げていた。

その上で今ホットな話題は『魔術学園の入学資格見直し』という記事だ。

クインの絵付きで書かれたそれには、こんなことが載っている。

『今回、パトリシア・ケプロンのような魔術師業界になくてはならない才能を取りこぼしたのは、魔力の量で入学するかしないかを決めていたからだ。しかし魔力量だけが魔術師の才能ではないと彼女は証明してくれたのだ。これを機に、ヴァージル魔術学園はより多くの若者に門を叩《たた》いてもらえるよう、入学資格を含めた様々な改革を進めていくつもりだと発表した。』

『またこれを受け、多くの貴族たちが我が子の入学希望を出しているという。』

その上で各紙が最後にこぞって持ち上げているのはなんと、グレイスのことだった。

『そしてそんなケプロン嬢を見出《みいだ》し、魔術学園の入学資格見直しに大きく貢献したのは、グレイス・ターナー嬢である。リアム・クレスウェル公爵閣下の婚約者である彼女の言葉がなければ、事態はここまで大きく変わることはなかっただろう。そんな彼女は、聖人公爵閣下の伴侶に相応《ふさわ》しい方だと言えよう。』

『そんなターナー嬢が今後どのような躍進を見せるのか。我々帝国民一同、彼女の活躍に期待している。』

朝。そんな新聞を読み終えたグレイスは、思わず乾いた笑みを浮かべた。

（ほんと、全部リアム様が考えた結末通りになってるのよね……怖い）

何より恐ろしいのは、それらがすべてグレイスの手柄になっているという点だった。

――そう。今回『パトリシア・ケプロン』という令嬢を主演として仕立てる上で、リアムは『夜会で起こすこと』と『これからのこと』に焦点を当てて作戦を組んだのだ。

『夜会で起こすこと』というのはもちろん、ソフィアとエリアナの誘拐未遂と、パトリシアを英雄にした上で、彼女にとって一番いい形で魔術学園に入学させる、というものである。こちらはこのように新聞に大々的に取り上げられるほど大きく目立つことだと、リアムは言う。

その一方で『これからのこと』は、この作戦を起こした後の話だ。これには三つある。

そのうちの一つ目は、皇帝の権威を見せつけること。

そして二つ目が、『パトリシアを広告塔として、魔術学園の入学者を増やすこと』だ。

クインによれば、魔力量が多い人間は出力の大きな魔術しか使えないのだという。

『だけど今回、ケプロン嬢を見て痛感した。魔力量が少ない人間には、少ないからこそ使える魔術があるんだってことをね』

今回パトリシアが我流で使っていたのは、書物の修繕に特化した魔術だった。そして修繕という作業はとても緻密で集中力を必要とする作業だ。そういった場面では逆に、魔力量の多さは不利になる。

要は、適材適所というわけだ。

『魔術はつい派手なものに目が行きがちで人気だ。そりゃそうだよな、アタシもそうだ。だけどね、こういう、縁の下の力持ちみたいな職業だって大事なんだ。だからこういった細かな技術が目立つってことは、最高の宣伝になる。そしてケプロン嬢は、それにぴったりの役者だったってことさ』

クインはそう言って笑っていた。

（これに関しては正直、パトリシアさんの精神状態のほうが心配だけれど……クイン様もいるし、私も友人になったし。支えていけたらいいわよね）

そう、今回の件で、グレイスは本格的にパトリシアと友人関係を構築することになったのだ。そのため名前呼びに変わったのが、今回一番の変化と言っていいだろう。

そして三つ目。それは、グレイスの名声を帝国中にとどろかせることだった。

リアムとしてはこれが一番重要だったらしい。主な狙いは、世論を味方につけて帝国貴族たちから注がれる不躾《ぶしつけ》な視線を黙らせることだったようだ。

（私が過労で倒れた件で、相当お冠だったみたいなのよね……）

それもあり、グレイスが思っていた以上に大きく紙面で名前が出てしまい、当人としてはかなり恥ずかしい。しかしリアムの伴侶として元から注目を集めている身としては、今更という気もした。

それにグレイスとしても貴族たちに牽制《けんせい》できるのであれば助かるし、嬉《うれ》しい。

まあどちらにせよ——

「結局、最初から最後までリアム様の思い通りになりましたね」

これらすべてがリアムが考えた作戦のうちに入っていたということは、グレイスたちだけが知っている事実だった。

（本当はリアム様が一番、紙面に取り上げられるべきなのに）

グレイスとしてはその点が納得いかないが、当人はなんら気にしていないどころか、今回の作戦においていかにして、自身の存在感を消すかに注力しているくらいだった。

なので釈然としない気持ちになりつつも、グレイスはその言葉を呑《の》み込むことにする。

その一方で、向かい側に座り紅茶を飲んでいたリアムが首を傾《かし》げた。

「いくら素晴らしい作戦を立てようが、それを実行する方々の実力が劣っていれば作戦などただの紙切れにすぎませんよ？」

「そうは言いますが、その点だってきちんと見越して作戦内容を立てているのでしょう？　私にはお見通しですよ」

「……ふふ。まあそれくらいは、できて当然ですよ」

そう言いながら足を組み、紅茶を飲む姿は大変様になっていて美しい。

（くっ。本当に何してても綺麗《きれい》ね……これだから顔がいい人は）

内心舌打ちをしかけると、リアムがグレイスを見た。

「ですがグレイス。一つだけ、まだわたしの思い通りに運んでいないことがあるのですが」

「え、なんです？」

「とぼけないでください、わたしの誕生日会ですよ？　今日、開催する予定なのでしょう？」

（……だから、サプライズなのにそういうこと言っちゃだめですって……）

しかし、本日開催なのは事実だ。大変天気も良く澄み渡っていて、尚且《なおか》つ使用人たちがもう準備を始めている。誰も彼もやる気満々だ、これで延期だなんて酷なこと、グレイスは言えない。

（ただ……ただ用意した贈り物がね……）

それが、グレイスが未《いま》だにこうして管を巻いている理由だった。

しかし、リアムからの期待の眼差《まなざ》しが痛い。グレイスは腹をくくることにした。

（ええい、ままよ！）

心の中でそう言うと、グレイスはぱっと両腕を広げる。

「リアム様へのプレゼントは……『今日一日、私を好きにしていい権利』です！」

「…………」

瞬間、リアムが固まり押し黙ってしまった。

それを受けたグレイスは、両腕を広げた体勢のままぷるぷると震える。

（あー！　あー！　あー！　だから！　やりたくなかったのに！）

これでも一応、グレイスはリアムへの贈り物は何がいいだろうかと周囲に相談したのだ。しかし。

『うーん。グレイスさんじゃないかしら？』

『そうだな……グレイス嬢がいれば喜ぶんじゃないか？』

そう皇帝夫妻に言われ。

『リアム様のお誕生日の贈り物ですか……ターナー嬢さえいれば、きっと何も望まれないような気がいたしますが』

『リアム様が喜ぶものぉ？　そりゃ、グレイスだろ』

コンラッドとクインに断言され。

『リアム様がお喜びになるもの？　それをわたしに聞くのはどうかと思いますが……グレイスさんがいればいいと思いますよ。』

『リアムが喜ぶもの？　そりゃ……グレイスじゃない？……ちょっとやめなさいよ、こんなことあたしに言わせないで！』

手紙でアリアに、挙句契約神獣であるシャルにまでそう言われてしまえば、もうこれ以外出すものがない。

（そもそもリアム様は、金あり、好きなものなし、嫌いなものなし、物欲なしっていう人なのよ？　そんな人への贈り物なんて、本当に困るのよ……！）

きっとリアムは、グレイスが何をあげても喜んでくれるだろう。しかし個人的にそういうのではなく、彼さえ想像がつかないようなものを渡したかった。そして迷走に迷走を重ねた上で思いついたのが、これだったというわけだ。

（でもこれ、今考えるとラブコメでよくある新婚のやりとりみたいなやつなのよね……）

そう、妻が帰ってきた夫に対して言うお約束の言葉だ。

そう考えると、より恥ずかしさが増してくる気がする。

「……すみません、リアム様。やっぱり今のはなし、で、」

「…………グレイス。その『今日一日、グレイスを好きにしていい権利』というのは、本当に好きにしていいのでしょうか？」

「……え？」

そう思ったグレイスが、両腕をそっと下ろそうとしたときだった。リアムが言葉をかぶせてきたのは。

思わず顔を上げれば、リアムが目を丸くしながらグレイスを見てくる。

「え。冗談だったのですか………？」

（そ、そんな、信じられないものを見るような目で見てこないで……）

もちろん、冗談ではない。なので首を横に振る。

「い、いえ、そういうわけではなくっ！　その、あまりにも反応がないので、これは引かれてしまったかと思いまして……」

きょとんと、リアムは目を瞬かせた。

「引くなど、そんなこと、あるわけがないではありませんか」

「……で、では、あの間は……？」

「何をしてもらおうか考えすぎて、思考が止まりまして……」

（待って？　それはそれで怖いのだけれど……!?）

じりっと。思わず後ろに下がりながら、グレイスはおそるおそる口を開く。

「……常識の範囲内であれば、お好きにしていただけたらと……」

「常識の範囲内、ですか……」

（だからお願い、あんまり考え込まないで、何を言われるのか分からなくてドキドキする……！）

しかしこれはリアムへの誕生日プレゼント。しかも彼は、夜会における一番の功労者である。その労をねぎらうのであれば、多少のわがままは聞いてあげたい。そんな思いがある。

そしてグレイスは今日一日、リアムのされるがままになることになったのだった——


リアムのお願いは計三つ。

そのうちの一つは『グレイスと一緒に庭で読書がしたい』だ。

使用人たちが張り切って準備をしている夜でなければ問題ないと判断したグレイスは、それを快く受け入れた。受け入れたのだが。

「……あの、リアム様。本当にこんなものでいいのですか？」

ちょうどいい木陰に使用人が敷布を敷くのを見ながら。グレイスは思わずそう呟《つぶや》いた。

「こんなもの、とは？」

「いえ……たとえば外出をする、とか。もっと何かあったかと思ったのですが」

「それもいいですが……ここ最近は目まぐるしかったので、グレイスと二人きりで過ごしたかったのです。……いけませんでしたか？」

「そ、そんなことは……」

こてん、という絶妙な首の傾《かし》げ具合と上目遣いに、グレイスは思わず目を逸《そ》らしながら首を横に振った。

（くっ。これは絶対に、自分の顔の良さと私との身長差を理解している……）

いわゆるところの大変あざといポーズというものなのだが、それがぎゅんと心臓に刺さった。そしてリアムはそれを分かっていてやっているので、余計たちが悪い。

そんなグレイスの様子を見て笑いながら、リアムは靴を脱いで敷布の上に立った。

「さあ、グレイスもどうぞ」

「……それでは、失礼します」

こういうときに、さりげなく手を差し出してエスコートしてくれるところもリアムらしい。まったく、どちらが喜ばせたいと思っているのか分からない。

そう思いつつ、ドレスの裾に気をつけながら腰を下ろしたグレイスは、続いてとなりに座るリアムをちらりと見た。

彼は使用人に用意してもらった書物を早速開き、視線を落としている。

（……まつ毛、長い）

思えば、リアムの横顔をまじまじと見つめたのは初めてかもしれない。

さわさわと、風が優しくなびいてリアムの綺麗な銀髪を揺らす。

庭木が重なり合い音を立て、木漏れ日がきらきら光り、それがなんとも穏やかで、心地好《ここちよ》くて。

何より、この世で一番幸せになってほしい愛《いと》おしい人が、とても穏やかな顔をしてとなりに座っている。

（……きれい）

綺麗だと、そんな当たり前のことをグレイスは思った。しかし本当に綺麗なのだ。リアムの輪郭がぼんやりと光って、なんだか温かい。同時に、出会った当初がどれだけ張り詰めていたのかを感じ、きゅうっと唇を噛《か》む。

そんなグレイスの様子に気がついたのか。リアムが首を傾げた。

「どうかしましたか、グレイス？」

「……いえ、なんでもありませんよ。ただ、リアム様が綺麗だなと思っただけです」

「……なんですか、それは」

おかしなグレイス。

そう言って笑うリアムのことを、グレイスは眩《まぶ》しそうに目を細めながら見つめたのだった。

――そうして夜。

張り切った使用人たちが用意した豪勢な料理を前に、グレイスはぷるぷると震えていた。

そんなグレイスを見て、使用人たちは微笑《ほほえ》ましいとでも言いたげな顔をし、リアムは満面の笑みを浮かべている。

「どうかしましたか、グレイス」

「どうかしましたか、ではないでしょう……本当に、本当に……！」

そう言い顔を真っ赤にするグレイスは――なんと、リアムの膝の上に座らされていた。

――これがリアムの二つ目のお願い『グレイスを膝の上に乗せた状態で夕食を摂りたい』である。

（……いや、これの何がいいの!?）

思わず、心の中で絶叫してしまった。

こんなの、食事がしにくい上に色々な意味で恥ずかしくて食事どころではない。しかし。

「……だめでしょうか」

「う」

そんな、明らかにしょぼくれたような声を耳元で聞かされると、もうどうにでもなれという気持ちになってくる。

（いや、それにしたってもう……！）

恥ずかしい。恥ずかしくて顔から火が出そうだ。

そう思ったが、出されたアスパラガスのマリネは大変美味しそうだった。そしてリアムはそれを音もなく綺麗に切り分け、グレイスの口元へ持っていく。

「どうぞ、グレイス」

「……はい」

ぱくり。半ば自棄《やけ》になりながら食べたアスパラガスは、みずみずしくて甘かった。何よりマリネ液に漬けてから冷やしてあるからか、よりさっぱりしていて美味しい。シンプルだが、だからこそ素材の味が純粋に感じられる料理だった。

グレイスが料理に舌鼓を打っていると、後ろから声がする。

「……かわいい」

びくり。グレイスは思わず肩を震わせた。

（待って、この位置でリアム様がしゃべると、声が……！）

一緒に過ごしていくうちにだいぶ慣れてきたとはいえ、グレイスは未だにこの声に弱い。それを耳元で囁《ささや》かれれば普段よりも直《じか》に声が耳に入ってきて、脳みそが軽くパニックを起こしていた。

しかもよりにもよって、呟かれた言葉が「かわいい」である。

（かわいい……？　かわいい……!?）

だがそんなグレイスの様子に気づいていないリアムは、次の料理をグレイスの口に持ってくる。

「どうぞ、グレイス」

「……あの、リアム様は食べて……」

「もちろん食べていますよ。ですからどうぞ」

（う、うぐぅ……！）

これ以上リアムと話していると、頭がおかしくなりそうだ。そう思ったグレイスはまるで人形のように、運ばれた食事を無心で頬張ることにした。

（うっ、うっ。美味しい。でも恥ずかしい。それ以上に耳が、耳が……！）

たかが『膝の上に座って食事を共にする』という行為が、こうも精神を消耗させてくるものだとは思わなかった。

そう内心嘆きながら、なんとか出された料理をすべて平らげる。

「ふふ、とても楽しかったです。また今度やってもいいですか？」

（そ、それは遠慮させていただきたいです……）

そう思ったものの、混乱しきった頭では今の心境を言い出せず。

グレイスはただリアムの膝の上で震えていることしかできなかったのである。


それから少し時間をおき、就寝時間にて。

「……リアム様、グレイスです」

グレイスはリアムの寝室の前で声をかける。すると扉が開き、髪をほどいた状態のリアムが出迎えてくれた。

「どうぞ、グレイス。入ってください」

「……失礼します」

服の裾を握り締めながら、グレイスは緊張した面持ちで中へと足を踏み入れた。

――そう。リアムの最後のお願いは、『グレイスと一緒に眠ること』。

正直、これはありなのかどうなのか悩んだ。

しかし、どうせもう結婚することが決まったような仲だ。それに、リアムは手を出さないと約束してくれたのだ。それならば、と思い、グレイスはこうして彼の部屋へとやってきたわけである。

初めて入ったリアムの寝室は、ある意味で彼らしいシンプルさだった。

本当に必要なものだけをおきました、と言わんばかりの調度品は、グレイスの部屋と比べるとやはりいささか味気なく見える。

だが使用人たちがきっちりと干して整えたベッドは清潔で、さらりとしていた。

先にベッドに横たわったリアムが、かけ布を持ち上げながらグレイスを見る。

「グレイス、どうぞ」

「……はい」

おそるおそるベッドの上に膝をつくと、ベッドがぎしりと軋《きし》む。

「……」

そうしてなんとか、人一人分のスペースを空けた位置でベッドにもぐりこんだものの、心臓がうるさすぎてとてもではないが寝られそうになかった。

(どうしましょう、考えないようにすればするほど、となりにリアム様がいるのが分かって意識してしまう……!)

やっぱり、あんなプレゼントにするんじゃなかった。

そう後悔していると、手が伸びてくる。

「……後悔していますか?」

「……え?」

自分の今の心境を言い当てられ思わず顔を上げると、するりと、リアムがグレイスの髪を一房指に絡めた。彼はそれを滑らせながら自身の口元まで持っていき、口づけを落とす。

そして、リアムが笑った。

「グレイスがあまりにも緊張しているようだったので、わたしの願い事は迷惑だったのかと思いまして」

「め、迷惑といいますか……自分の軽率さに嫌気が差したといいますか……」

「……グレイスを、困らせたかったわけではないのです」

するとリアムがぽつりと呟いた。彼は目を伏せる。

「ただ、眠りに落ちるそのときまで、グレイスと共にいたかった。そして……朝起きたとき、貴女《あなた》がそばにいればとても嬉しいから……それだけなのです」

「あ……」

「わたしの願いは、『グレイスと共に生きること』ですから」

ですが迷惑なら。

そう言い、リアムが起き上がろうとするのを、グレイスは手を摑《つか》んで止めた。

「ま、待ってください、リアム様……」

「グレイス？」

「大丈夫です、大丈夫なので……今日はこのままでいてください」

そう言うと、リアムは困ったような顔をしながら言う通りにしてくれる。

でも、リアムを拒絶することはできなかった。

（だってこの場でリアム様の望みを否定するってことは……リアム様との関係そのものを否定するみたいなんだもの）

後悔しているかと聞いてきたリアムの目に、そんな色を見たのだ。だから今ここで彼を突き放すわけにはいかなかった。

だってグレイスは、リアムと共に生きることを後悔したことなどないのだから。

だからここで恥ずかしさを理由にリアムが離れていくことだけは、避けなければならないのだ。

（……よし）

そう自分を奮い立たせたグレイスは、空いていた空間を埋めるように体をずらした。

そうしてリアムを見つめる。

「リアム様。貴方《あなた》はもっと、望んでいいんですよ」

「……え？」

「もっと望んでいいんです。もちろん、本当に嫌だったらちゃんと言います。ただ……恥ずかしいだけなら、我慢します。だってリアム様が好きですから」

「……グレイス」

（私の馬鹿、なんでもっと早く気づかないのよ……今日リアム様がしたお願いはどれも、特別なことじゃなかったのに）

誕生日プレゼントというのは本来、特別なものを望むものだと、グレイスは思う。

たとえば、綺麗な服が欲しいとか、おもちゃが欲しいとか、どこかへ行きたいだとか。

だがリアムが望んだのはすべて、グレイスが関係することで。それ以外は些細《ささい》な日常だった。そこにあるのは特別じゃなく普通だったと、グレイスは思う。

（でもリアム様にとっては、これは普通じゃなかった）

まるで自分自身に罰を与え続けるような人生。そこに安寧はない。穏やかな日常なんて正反対のことだ。だからこそ、彼は普通を渇望した。

（それにリアム様にとって眠ることは、一種の恐怖を感じさせることで）

最近は眠れているように見えたが、元々が眠れていないのだ。それに多忙な人。なのでリアムの眠りはきっと、グレイスにとっての『普通の眠り』とは違うように思う。

（私は、貴方にとっての〝平穏〟を守りたい）

だからグレイスは、手を伸ばす。そしてぎゅっと、リアムの両手を握った。

「これが、リアム様にとっての普通になるように、私がします。この日々を守ります」

「…………」

「だからどうか、お願いです。リアム様にとっての普通の中に、いさせてください……」

そう言えば、リアムの体がピクリと震える。

「……グレイスには本当に、敵《かな》いませんね」

そう言うと、リアムの体から力が抜けたのを感じた。彼が瞼《まぶた》を閉じる。

「……こんなにも穏やかな日々は、本当に初めてなのです。グレイス」

「……はい」

「だから……もし。もし今後、グレイスが誰かを助けるために動くなら、私に教えてくれませんか……？」

「……え？」

「理由などいりません。ですが……グレイスを一人で戦わせるのだけは、もう嫌なんです……」

どういうことなのか。混乱したが、なんとか記憶をかき集め、過労で倒れたときにリアムに何か言ったことを思い出す。

『もし、これからも私が変なことを言っても、信じてくださいますか？　リアムさまを、頼っても……いいですか……？』

『……グレイス』

『私独りじゃ、立ち向かえないかもしれないけれど。リアム様と一緒なら、きっと……みんな、たすけられるかもしれないから……』

（……この方は、あんな些細なことを覚えていて……そして本気で応えてくれるのね）

そしてそれはグレイスにとって、願ってもない言葉だった。

だって今回のことからも分かるように、グレイスがこれ以上一人ですべてを守るのは難しいだろうから。

だがここにリアムがいれば、話は変わる。彼はグレイスよりずっと頭がいいし、他の人たちに信頼されているから。それに。

（……守れる。私、皆のこと、守れるのね）

自分一人だけが未来を知っていること。そして世界の強制力を目の当たりにして、グレイスの心は不安でいっぱいだった。

だが、リアムはそれを手伝ってくれるのだという。グレイスが理由を話さなくても、一緒に戦ってくれるのだという。それはグレイスにとって、何よりの救いの言葉だった。

リアムは知らない。この言葉に、グレイスがどれだけ救われたかを。

でもそれを言うわけにはいかないのだ。事情を説明できないのだから。

だからグレイスは泣きそうになりながらも、なんとかこらえてリアムの頭をかかえるように抱き締めた。

「……ありがとうございます、リアム様。一緒に戦ってください」

「……はい、グレイス」

リアムはそう言うと、ふわりと笑う。それは今にも消えそうなほど儚《はかな》くて、けれど今までにないくらい綺麗な、美しい笑みだった。

「貴女さえいれば、わたしは……」

「……リアム様」

そこから先の言葉は、続かなかった。代わりに聞こえてきたのは、穏やかな寝息だけだ。

そんなリアムの様子に安堵《あんど》したグレイスは、ぶわりと胸の内側から湧き上がってくる感情を噛み締める。

(――ああ、これが、幸福なのね)

なんてことはない、当たり前の日々。それが続くことの幸福。

それを、リアムにはもっと感じて欲しいと思った。そしてそれができるのが自分だけだということも、グレイスは分かっている。

これから先もずっと、彼にとっての普通を守る。それが、グレイスの望みだ。

だから。

すっと目を細めたグレイスは、そっとリアムの心臓の辺りに手を伸ばす。

(誰か知らないけれど――リアム様にこんなものを植え付けたお前を、私は絶対に許さない)

そしてこのもやごと、必ず消し去ってやる。

そう決意したグレイスはそのまま、リアムのことを守るようにして眠りについたのだった——

番外編　とある神獣の観察記録

シャルロティア、ことシャルル。彼女は猫の形をした神獣だ。

そして現在、彼女は一人の少女と契約している。

その名をグレイス・ターナー。シャルが愛するリアム・クレスウェルの婚約者だった。

そしてこれはそんなシャルの目から見たグレイスとリアムの、とある日の観察記録——


シャルの一日は、契約者であるグレイスを起こすことから始まる。

起こし方はそのときによって異なるが、本日のシャルはグレイスのことを労《いたわ》って、前足の肉球でグレイスの頬を押すことにした。

『ちょっと、グレイス。起きなさい』

「うーん……あともうすこし……」

そう唸《うな》るだけで起きようとしない仕方のない主人に、シャルはため息をこぼす。

自分が起こして欲しいって言ってたのに……。

ただ今までのことを思えば、仕方のないことだと思う。

今日はリアムの誕生日の夜会も終わり、グレイスにようやく訪れた休日だった。そのため、今までの疲れがどっと出ていることだろう。

それに、一度過労で倒れてもいる。契約者の身体《からだ》に気を配るのも、シャルの仕事の一つだ。

本当はリアムと一緒に朝食を食べたくて、あたしに「起こして」って頼んできてたけど……今日ばかりは仕方ないでしょ。

ただ、リアムには話しておいたほうがいいかもしれない。そう思ったシャルはベッドから下り、魔術で扉を開いてリアムの部屋に向かったのだった。

――シャルの契約者であるグレイスは、とても不思議でありながらおかしな少女だ。

そして何より、目が離せない。

まず特出している点は、その行動力だろう。普段は割と考えて行動するのに、ときにこちらが驚くくらい突拍子もないことをするのだ。リアムの伯父に喧嘩《けんか》を売りに行くと言ったときは、本当にこの女何を言っているんだと信じられないものを見る目で見てしまった。

しかしその裏では様々に思考を巡らせていて、年齢よりも聡明《そうめい》な姿を見せることもある。

なのに、どうしようもないくらい無謀で勇敢。

まるでそうでもしないとどうにかできないと思っているみたいに。

グレイスが行動をするときは大抵、とても捨て身だった。

それが無謀で、だけれどとても眩《まぶ》しくて。だからシャルは、グレイスと契約して、そのそばで彼女を守ることにしたのだ。

……まあシャルがグレイスを認めた理由は、それだけではないのだが。

そんなふうに色々考えていると、リアムの部屋に到着する。

また魔術で扉のノブを回したシャルは、少しの隙間から中へと忍び込んだ。

『リアム』

そう名を呼べば、ちょうど着替えを終えたらしいリアムが振り向いた。

「どうしました、シャル」

『グレイスと朝食を摂る約束してたでしょ？　でもグレイスが疲れているみたいだから、そのまま寝かせようと思って。それを伝えに来たわ』

「そうでしたか。それならば仕方ありませんね」

リアムはあまり落ち込んだ感じもなく言う。むしろどことなく、申し訳なさそうな顔をしていた。きっと、グレイスの疲労の一因が自分にもあるから、と思っているのだろう。

……本当に不器用な人。

そしてそんな自己犠牲なところが、シャルがリアムに惹《ひ》かれた理由でもあった。

リアムは、シャルが初めて出会ったときから、独りだった。

皆に囲まれていたけれど、でも独りだった。独りで、誰にも理解されない痛みに耐えていた。

だからなのか、いつも笑みを浮かべていたけれど、まるで手負いの獣のようにいつも周囲を警戒していたのだ。

その姿は、美しいけれど棘《とげ》がある薔薇《ばら》のようで。

それでも、リアムの魂はいつだって高潔だったのだ。

そんな姿が美しくて、放っておけなくて、でも何もできなくて。シャルにできたのはそばにいることと、リアムに近づく不埒《ふらち》な輩《やから》を遠ざけることだけだった。

だからこれが人間で言うような恋愛感情なのかと聞かれると、どうなのか分からないとシャルは思う。だって彼女は神獣だからだ。

――でも。そんなリアムは、グレイスに出会って変わった。

そしてグレイスに出会ってからの彼は、とても柔らかい空気を漂わせるようになっていった。そのことにシャルがどれだけ安堵《あんど》したのかなんて、きっと誰も知らないだろう。

だって、話したことはないのだから。

するとリアムは、シャルのことをグレイスの寝室まで運んでくれる。そしてグレイスの髪を一房手に取ると、その赤毛にそっと口づけを落とした。

「行ってきます、グレイス」

誰に聞かせるでもなく呟《つぶや》かれた言葉はとてもやわくて、同時にとろけるような甘さも帯びていた。

グレイスのことを本当に愛しているのだと分かる声音に、シャルは密《ひそ》かに喜ぶ。

……昔はこんなふうに、感情を声音に乗せることはなかったもの。

感情を抑圧させ、決して揺らがないように自身の精神をすり減らし続けるリアム。

そんな彼がこんなにも表情豊かになっているのもすべて、グレイスのおかげ。

そしてそんな二人の関係も含めて守りたいからこそ、シャルはリアムにとって一番大切な存在であるグレイスのそばにいることを決めたのだった。

「それでは、行ってきます。シャル。グレイスのことをよろしくお願いしますね」

『ええ、もちろんよ』

そう言葉を交わし、シャルはリアムが出て行くのを見守る。

そして扉がぱたんと閉じるのを確認してから、彼女はグレイスの腹部辺りで丸くなって、再度眠りについたのだった。


グレイスが目覚めたのは、昼前だった。

「……リアム様との約束、破っちゃった……」

専属メイドのエブリンに支度をしてもらいながら、グレイスはそう言う。その様子はしょもしょもとしていて、今にも干からびそうな花のようだった。

明らかに落ち込んでいる様子を見て、シャルはため息をこぼす。

そして、心配していたことは伝えずに、グレイスの膝の上に乗った。

『何落ち込んでるのよ、あんたが起きられなかったんでしょ。あたしは起こしたわよ』

「うっ。仰《おつしや》る通りです……」

ただあまりにも落ち込んでいるので、その顔をどうにかしたくて、シャルは一つ提案をした。

『なら、昼に会いに行けばいいじゃない』

「……え？」

『あんたにしては頭が固いのよ。だったら、昼食を持ってリアムのところに持っていけばいいことでしょ』

リアムのことだ、きっと食事を摂るとしても、昼過ぎ。午後のお茶《アフタヌーンティー》の時間近くだろう。それならまだ猶予はある。

そう言うと、グレイスはハッとした顔をする。

「それは、とってもいい考えですね……」

『でしょ？　それにあんたが作れば、リアムはさらに喜んでくれるでしょうよ』

「それも確かに……」

ぱっと顔を上げたグレイスは、エブリンを見る。

「エブリン、今直《います》ぐ料理長に、リアム様に持っていく昼食を作りたいって頼んでみてくれる？」

「承りました、グレイス様」

そうして立ち去るエブリンを見送ってから、グレイスはシャルに抱き着いた。

「さすがです！　シャル様！　ナイスアイディア！」

『ふん、これくらい当然でしょ』

そう言うが、グレイスに褒められて悪い気はしないシャルは、尻尾をグレイスの体に巻き付けたのだった。

＊

それから料理長監修の下、グレイスはリアムへの昼食を作った。そうして昼頃に、宮廷へとやってきたのだった。

昼食の入ったバスケットを持ったグレイスは、緊張した面持ちで侍従に案内されている。

この顔は、突然訪れてリアムに迷惑はかからないかって思っている顔ね。

シャルからしてみると、グレイスはリアムのことを気にしすぎていると思う。これくらいのサプライズで動じるほどリアムは神経質ではないし、むしろ喜ぶと思う。

それにグレイスが来ることで、リアムの健康が守られるだろう。最近はマシになったものの、それでもグレイスがいないところでは自分をおろそかにしがちだということは、宮廷にいる神獣から聞いている。横のつながりは大切だ。

そう思いながらグレイスの肩の上で到着を待っていると、リアムの執務室に到着する。

侍従が外から呼びかけ、中に入り許可を取りに行くと、それから数秒後に扉が開かれた。

そうして出てきたのは、リアムだ。

「グレイス！」

「リ、リアム様……？」

「このような場所までようこそ。さ、お手をどうぞ」

まるで主人が来たことを喜ぶ犬のように明るい顔をして出てきて、さらっとエスコートをしグレイスを中に招いて休憩用の椅子に座らせる、というあまりにもスムーズな流れに、グレイスが呆気《あっけ》に取られている。

しかしシャルは「さすがリアムね」とふんぞり返っていた。

そうよ、この圧倒的なエスコート力！　これでこそリアムよ！

誰に対しても分け隔てなく接し、礼節をわきまえつつ他人との距離感を重視する彼は、相手のパーソナルスペースがどれくらいなのか見極める力に長《た》けている。だから距離が近くても思わずそのまま流されてしまうのだ。

そしてそれがグレイスならば言わずもがな、である。

侍従はきちんと空気を読んで外に出ている。それを確認してから、リアムはグレイスに笑みを向けた。

「それで、今日はどうしたのですか、グレイス」

「あ、その……朝食をご一緒できなかったので、昼食をご一緒したくて……料理長と一緒に作ってきたのですが、どうでしょうか……？」

不安そうなグレイスとは対照的に、リアムは衝撃を受けている。

「……グレイスが作ってくれたのですか？」

「は、はい」

「嬉《うれ》しいです。わたしのために、ありがとうございます」

いつになく大喜びしてまばゆいほどの笑みを浮かべるリアムに、グレイスがやられている。

ただシャルとしては、ふふんと胸を張った。

そうそう、これ。これよ。

この二人のこの甘い空間にいるだけで、こちらまで幸せになる。グレイスを認めていないうちは悔しくて仕方なかったが、彼女を認めてからはまったく違う感情を抱くようになっていた。

まあなんだか気恥ずかしいので、そんなこと、グレイスに言ったりはしないのだが。

すると、リアムが魔術を使って手早く昼食の準備をする。

グレイスが作ってきたのは、数種類のサンドイッチやキッシュといった主食に、パイや焼き菓子といったデザートだ。持ち運びしても崩れないように、と料理長やエブリンと相談してメニューを決めていたことを、シャルは知っている。

「私だけで作ったわけではないのですが……」

「……とても美味《おい》しそうです。食べても？」

気恥ずかしそうなグレイスがこくりと頷《うなず》けば、リアムはハムとキュウリのサンドイッチを一口食べ、咀嚼《そしゃく》した。

「……とても美味しいです」

「そ、そんな……」

顔を真っ赤にして声を上げるグレイスに、それを楽しそうに見つめるリアム。

イチャイチャという効果音が聞こえそうなほどのいちゃつきっぷりを、シャルは向かいのソファに座って眺めていた。最高の特等席である。

するとリアムが、にこりを微笑《ほほえ》み言う。

「よろしければグレイスが、わたしに食べさせてくれませんか？」

「……えっ？」

お、これは？

シャルは気にしていないふりをしつつ、ぴくぴくっと耳を揺らした。

リアムが前よりも積極的になったわね？

今までもイチャイチャはしていたが、それでもそれだけだった。彼のほうから何かを求めてきたのは、今回が初めてかもしれない。

もしかして、あたしが唯一見ていない誕生日の夜に何かあったのかしら？

何はともあれ、何かをあまり求めないリアムにしては大きな変化だ。

そしてそれはグレイスも把握しているらしく、いつものようにすぐに文句を言ったりせず、恥ずかしがりながらも悩んでいる。

「……わ、わかりました……」

そう言うグレイスは、フォークで切り分けたキッシュをリアムの口元に運ぶ。

ぱくり。

リアムがキッシュを食べるのを、グレイスは緊張した面持ちで見ていた。

すると、リアムが微笑む。

「このキッシュも、塩気が絶妙で美味しいです」

「そ、それはよかったです……」

「それに、グレイスの愛情もあいまって二倍美味しいですね」

「……リアム様……！」

そうやって首まで真っ赤にしつつも、グレイスは仕方ないな、とでも言うように笑みを浮かべる。

その幸せいっぱいの空間を堪能《たんのう》しながら。シャルはぺろぺろと毛づくろいをしたのだった。


そうしてリアムとの楽しい昼食タイムを終えたグレイスは、その足で書店に向かった。

どうやら、ずっと買えていなかった小説というものを買いに来たらしい。数冊選んで帰路につく。

そして屋敷に戻ると、意気揚々と小説を取り出した。

「よし！　今日は休日ですし、買ってきた小説を読んで楽しみます！」

ワクワクした様子のグレイスを見て、シャルは首を傾《かし》げる。

『ずっと気になってたけど、それ面白いの？』

「もちろんです！　今回購入したのは全部、最近流行《はや》りの物語ですからね！」

『ふうん』

グレイスの目が爛々《らんらん》と輝いているのを見て、シャルは『小説』というものに興味を抱いた。

『あたしも読みたいわ。どれか貸して』

「シャル様もご興味が？　であるなら……これとかどうでしょう？」

そうしてグレイスから渡された一冊を、シャルは開く。魔術を使えばページをめくるのも容易《たやす》いものだ。

——それから数時間後。

シャルは、ぷるぷると震えていた。

な、何よこれ……お、面白いじゃない……！

グレイスがおすすめしてきた小説は、身分違いの恋を描いたラブロマンスだった。

貴族令嬢と執事の青年はお互いに想《おも》い合うが、身分と周りが許さない。

それでも令嬢と青年は結婚することを誓い、青年は最終的に事業を成功させて金持ちになり、令嬢を迎えに行く——

その紆余曲折《うよきょくせつ》の物語は、シャルの心を強く掴《つか》んだのだった。

たしーんたしーんと尻尾でソファを叩《たた》いて興奮しながら、シャルはグレイスに言う。

『ちょっとグレイス！　これ面白いじゃない!?』

「あ、シャル様もお気に召しましたか？　他にもたくさん買いましたから、よかったら読んでください」

『もちろんよ！　それと、これからもこういうのが欲しいわ！』

「ふふ、分かりました。メイドに言って、定期的に買ってくるように伝えますね」

それから夕食まで一心不乱に読んだ小説はどれも面白く、シャルは新たな趣味を見つけたのだ。

＊

あー！　今日はすっごく充実した一日だったわ！

そう思いながら。シャルは自分用の寝床で丸まっていた。グレイスの手によってブラッシングされた体はつやつやで、よりテンションが上がる。

肝心のグレイスはもう夢の中だ。その寝息を聞きながら、シャルは今日の出来事を振り返る。

グレイスの安眠を守った上で、二人の仲をより進展させ、そして自分が夢中になれるものに出会った。それは、寿命ばかりが長くだらだらと生きるだけの神獣であるシャルからしてみたら、とても刺激的で幸福に満ち満ちたものだった。

同時に、なんとなく自分が何を求めてここにいるのかを理解する。

そっか。あたしはなんだかんだ、人の幸福な姿を見るのが好きなのね。

シャルは昔から、神獣にしては人に対して強い興味を抱いていた個体だった。そして彼らが営みだとするものを見て、羨ましいと感じていた。

だって無限の寿命を持つ神獣にとって、生きるのはとても退屈なことだったから。

だけれど、まばゆいほどの高潔さを持つリアムに出会った。

その横で彼を守りながらも、みずみずしいまでに必死になって人生を生き抜くグレイスに出会った。それはシャルにとって鮮烈な体験だったのだ。

そして人に関しては神獣ゆえに好き嫌いが激しいシャルだが、自身が認めた好きな人たちであれば、その幸せをそばで見られることはとても幸せなのだと分かった。

そして小説は、人間の醜さに触れないからか、同じように楽しめる。

ただ……リアルの恋にはやっぱり劣るわよね。

そう思いながら、シャルはグレイスのほうを見た。

『……まったく、こっちの気も知らないで寝ちゃって……』

そう言うシャルだが、グレイスが色々なものを抱えていることを知っている。たまに悪夢を見ているときは、さりげなく神力を使って安眠へと導いていたりもした。

この少女はいったいどれだけのものを抱えて生きているのだろう。

契約してからなおのこと、そう思う。

そのくせして、普段はへらへらしてるんだから……ちょっとむかつく。

だがリアムに言っていない以上、グレイスがそれを口にすることはないし、シャルも無理やり聞くことはない。

だってシャルが作りたいのはグレイスが安心して過ごせる場所で、彼女はそれさえ守れればいいと思っているからだ。

そしてせいぜい、あたしにリアムとの素敵なラブロマンスを見せなさい。

そう思いながら、シャルは目を閉じる。

――そうして一匹の猫神獣は明日も、主人の周りで起きる出来事を心待ちにするのだ。

あとがき

お久しぶりです、しきみ彰《あき》です。

この度は「聖人公爵様」シリーズをお読みいただき、ありがとうございます。

以下、ネタバレを含みますので、本編をまだ読んでいない方はご注意ください。


二巻は完全書き下ろしになっています。一巻をお届けする際にある程度考えていた内容ではありましたが、こうして形にすることができてとても嬉《うれ》しいです。

今回はとにかく、グレイスが他の登場人物たちの死亡フラグを折るために孤軍奮闘する回です。

また、小説のシナリオを壊したからこその困難に直面する形になりました。

私なりに「原作があるストーリーを変えるということは、一体どういうことなのだろう？」と考えながら、真剣にキャラたちに向き合わせていただきました。

新キャラたちもとても個性的で、気に入っています。何よりぼっちのグレイスに友人ができたことがとても良かったなと思います（笑）

それでも今作は一貫して「リアムのラスボスフラグを折る話」であり、「リアムの助けを得て別の巨悪を倒す話」でもあります。その部分だけはずらさないよう、そして読者の皆様に楽しんでもらえるよう、ストーリーを組みました。出来栄えには個人的に、とても満足しています。

また今回、作品において重要な設定も出てきています。「聖人公爵様」の世界をより楽しんでいただけたらと思います。

今作の目玉でもあるのは、桜花舞《おうかまい》先生のイラストです。

表紙、見てください！　本当にとても美しくて、初めて見たときはうっとりとしてしまいました！

挿絵も萌《も》えるシーンを繊細なタッチで描いてくださり、キャラたちの表情を含めてとても生き生きしているなと思います。

改めてになりますが、この場を借りて桜花先生にお礼申し上げます。

いつも最後まで私にお付き合いくださった編集さんには、とても感謝しています。

時折、私よりも作品に詳しく、尚且《なおか》つ萌えポイントを伝えてくださるおかげで増えたシーンもたくさんあります。本当にありがとうございます！

そして最後に、読者の皆様。

こうして二巻を出すことができたのは、読者の皆様のおかげです。感想なども伝えてくださり、本当にありがとうございます！　おかげで今も頑張れています！

それでは、またお会いできることを願って。

しきみ彰

飼育員セシルの日誌
Keeper Cecil's Diary
紺染 幸
Illust. 凩はとば
OVERLAP NOVELS f
ひとりぼっちの女の子が新天地で愛を知るまで
大好きなみんなを守るため、秘密の力でがんばります！
コミックガルドにてコミカライズ！
天涯孤独の少女セシルの生きがいは大鳥ランフォルの飼育員として働くこと。自力で見つけた再就職先でもそれは変わらないけれど、仕事に夢中な自分をいつも見守ってくれる雇用主オスカーに「そばにいてほしい」と思うようになってきて——

雨傘ヒョウゴ
ill.LINO
ウィズレイン王国物語
~虐げられた少女は前世、国を守った竜でした~
コミックガルドにて
コミカライズ!
前世は竜。今世は令嬢!?
友と死にたかった竜は、
共に生きる意味を見つける――。
男爵令嬢エルナはある日、竜として生きた前世の記憶を思い出した。
初代国王である勇者を背に乗って飛び回ったそんな記憶。
しかし、今世は人間。人間としての生を楽しもうと考えていた。
そんな矢先、国の催しで訪れた王城で国王として
生まれ変わった勇者と再会し――?
OVERLAP NOVELS f

OVERLAP NOVELS f
氷の令嬢ヒストリカが幸せになるまで
青季ふゆ
ill. あいるむ
コミックガルドにてコミカライズ！
笑わない令嬢の婚約者は、天才宰相の公爵様!?
『氷の令嬢』の蔑称を持つヒストリカは、理不尽に婚約破棄されてしまう。夜会を抜け出したヒストリカだったが、病気のせいで醜悪公爵と噂されるエリクを助けたことで、運命が一変!!　献身的な姿に惹かれたエリクが、彼女を溺愛しはじめて――？

作品のご感想、
ファンレターを
お待ちしています

あて先

〒141-0031　東京都品川区西五反田 8-1-5 五反田光和ビル4階
ライトノベル編集部
「しきみ彰」先生係／「桜花 舞」先生係

スマホ、PCからWEBアンケートにご協力ください

アンケートにご協力いただいた方には、下記スペシャルコンテンツをプレゼントします。
★本書イラストの「無料壁紙」　★毎月10名様に抽選で「図書カード（1000円分）」

公式HPもしくは左記の二次元バーコードまたはURLよりアクセスしてください。
▶ **https://over-lap.co.jp/824008619**
※スマートフォンとPCからのアクセスにのみ対応しております。
※サイトへのアクセスや登録時に発生する通信費等はご負担ください。

オーバーラップノベルスｆ公式HP ▶ **https://over-lap.co.jp/lnv/**

聖人公爵様がラスボスだということを私だけが知っている 2
～転生悪女は破滅回避を模索中～

発行　２０２４年６月25日　初版第一刷発行

著者　しきみ彰
イラスト　桜花 舞
発行者　永田勝治
発行所　株式会社オーバーラップ
〒１４１－００３１
東京都品川区西五反田　８－１－５
校正・ＤＴＰ　株式会社鷗来堂
印刷・製本　大日本印刷株式会社

ISBN　978-4-8240-0861-9 C0093

【オーバーラップ　カスタマーサポート】
電話　０３－６２１９－０８５０
受付時間　10時～18時（土日祝日をのぞく）